EL AMOR ENCUENTRA SU CAMINO

BTX

CAPÍTULO 1

UN POCO DE DULZURA MEJORA LA VIDA DE ALGUIEN.

Sandy terminaba de maquillar sus mejillas mientras se miraba al espejo muy emocionada por las cosas que su novio había estado planeando últimamente; no se podía borrar la sonrisa de su rostro, sus ojos tenían esa chispa que la hacían lucir como una persona llena de esperanzas y sueños.

"¿Será un regalo? ¿Será que quiere proponerme matrimonio?" pensaba profundamente Sandy en esa extraña realidad muy lejana donde todas las cosas que eran simples desaparecían y todas las cosas que eran fantasía comenzaban, *"Hemos estado saliendo por más de un año; me siento feliz con Ryan, y nos llevamos muy bien; siento que él está en un momento donde quiere tomar una decisión importante esta noche."*

De la nada, escuchó a alguien tocar la puerta del apartamento trayéndola de regreso a la realidad haciendo que gritara para responder, —¡Ya voy!—

Se apresuró para llegar y abrir la puerta, pero la mayoría de sus movimientos parecían automatizados, ya que su mente solo podía hacer una tarea en ese momento: adivinar lo que su novio haría para sorprenderla.

— ¡Hola, cariño! Te esperaba más tarde; no imaginé que llegarías temprano— decía Sandy mientras besaba a su novio, al mismo tiempo que lo abrazaba, demostrando su gran amor con esas acciones, —Por favor, pasa. Deja termino de vestirme y en un momento nos vamos—

Ryan tenía una cara diferente ese día; se notaba que tenía algo en mente porque se veía distraído. Revisaba su reloj constantemente, se encontraba muy ansioso, como si el tiempo le ganara; él era normalmente un joven tímido, pero ahora parecía como si fuera a ser padre de gemelos en una sala de espera.

"Vamos a calmarnos, Sandy. Has estado pensando demasiado sobre esto y tal vez sólo sea algo que está merodeando tu cabeza. Que suceda lo que tenga que suceder, en caso que nada pase, al menos tienes una compañía agradable. ¡Él es lo mejor para ti y te ama con todo su corazón; nunca olvides eso!" se decía así misma, al mismo tiempo que rociaba un poco de perfume enfrente de ella, antes de pasar a través de la neblina de Chanel Chance.

—Estoy lista mi amor, ¿A dónde vamos esta noche?— dijo Sandy al acercarse al lado del sofá mientras acariciaba amorosamente la mano izquierda de Ryan.

Se levantó Ryan tan rápido como pudo, intentando mantenerse estable y sin perder la compostura decía mientras tomaba la mano derecha de Sandy, —A donde tú quieras, cariño. Pero primero vamos al cajero porque no traigo efectivo en este instante. —

—Me parece bien— contestó ella acariciando su barba, al mismo tiempo que miraba a sus ojos haciéndolo sentir amado con un beso apasionado que desarmaba cualquier tipo de guardia que él pudiera tener.

Ambos salieron de su apartamento tomados de las manos, dirigiéndose al banco más cercano ubicado a un par de cuadras de ahí.

Hablaban de sus respectivos días y nada parecía fuera de lo ordinario; eran realmente una pareja perfecta: ambos tenían menos de 30 años, ella era maestra en una escuela primaria y él dentista. Eran extremadamente profesionales en sus respectivos trabajos y amaban el cuidar su salud ya que pensaban que eso era la clave para una vida feliz; por eso amaban pasar sus noches cocinando en el apartamento de ella, pero esa noche él había insistido comer fuera.

Al llegar al banco, entraron al cajero y al insertar su PIN un par de chicos estaban afuera haciendo sentir a Sandy un poco incómoda y dijo susurrando —Creo que nos van a robar, corazón. Estos chicos vieron cuánto dinero retiraste. —

—Tal vez ellos van a usar el cajero, amor. Relájate, — decía él muy seguro, sin estresarse, por lo que hizo sentir a Sandy que nada iba a pasar.

Ambos salieron del banco, los chicos se colocaron al lado de cada uno diciendo con voz amenazante mientras uno de ellos sacaba una pistola, —No griten ni hagan algún movimiento extraño; denme todo el dinero que tienen y nadie saldrá herido, ¿está bien?—

Ryan valientemente contestó a la sugerencia del hombre quitando la mano de éste, que había puesto sobre su hombro, —No te daremos nada y si sabes lo que es mejor para ti, deberías dejarnos solos o si no...—

— ¿O si no qué, hijo de perra?— gritó el otro ladrón mientras le propinaba un golpe a Ryan en la cara noqueándolo, provocando que Sandy cayera al piso también.

"¡Oh, no! Esto no se suponía que debía suceder. Esta iba a ser una noche hermosa donde él me iba a preguntar si me mudaría con él o tal vez iba a proponerme matrimonio durante la cena," pensaba ella ansiosamente y siendo cuidadosa ya que los hombres estaban armados, *"¡Por favor, alguien llame a la policía!"*

Uno de los ladrones, que no llevaba arma, fue directamente al bolsillo trasero de los pantalones de Ryan, tomó su billetera y dijo furiosamente mientras trataba de quitarle el bolso a ella, —Dame el bolso o recibirás un golpe igual que tu príncipe azul.—

Repentinamente un par de policías en bicicletas llegaron a la escena, sacaron sus pistolas de inmediato, ya que habían visto que uno de los criminales tenía asustados a sus víctimas con su arma y uno de los policías gritó —¡Tira la pistola y déjalos ir! ¡No se resistan al arresto y todo saldrá bien!—

El rostro de Sandy tomaba nuevamente color, ya que todo ocurría tan rápido que no pudo poner atención a lo que había pasado con Ryan quien parecía inconsciente; ambos policías se acercaron a los ladrones, dándoles tiempo de rendirse, pero parecía que ese no iba a ser el caso.

—No iremos a la cárcel otra vez, así que ¿Qué piensan hacer, cerdos?— dijo uno de los ladrones apuntando su pistola a uno de los oficiales.

El otro ladrón siguió en su papel, tenía la billetera y el bolso en su mano listo para escapar pero uno de los oficiales levantó las manos mostrando su arma y enfundándola de nuevo dijo, —Esto no debe terminar así, amigos. Dejen ir a las víctimas y podemos manejar la situación, ¿qué dicen?—

— ¡Nadie se va a ningún lado! ¡Si nosotros caemos, todos caen con nosotros!— dijo el criminal armado que tenía en su rostro una clara intención de no querer regresar a la cárcel amenazando a ambos policías que no iba a ser una tarea fácil.

"¿Por qué debimos salir hoy? Estamos en problemas sólo por soñar que iba a ser un día especial para nosotros," se arrepentía Sandy por haber tomado la decisión de salir ese día ya que tenía curiosidad cómo iba a terminar esa noche.

Ryan recuperó la conciencia y gritando con todas sus fuerzas al mismo tiempo que trataba de levantarse, — ¡Dejen de pelear, ellos pueden llevarse mi billetera y su bolso! ¡Nadie necesita salir herido esta noche!—

El criminal con sus posesiones en mano desconcertado por aquellas palabras le dijo al policía, —Les voy a dar sus cosas y nada pasó, ¿está bien?—

El policía le disparó al ladrón dejándolo tendido sobre la acera mientras Ryan preguntaba angustiado, — ¿Qué has hecho?—

Ryan fue directo al criminal herido y preguntó, — ¿Estás bien? ¿Cómo te sientes, amigo?— el ladrón contestó mientras estaba tosiendo, —No me siento muy bien. —

— ¿Por qué no, amigo ladrón?— preguntaba Ryan mientras lo tenía sobre su regazo.

—*Porque se suponía que hoy sería una noche grandiosa,* — decía con dificultades para respirar.

Sandy lloraba incontrolablemente debido a ver todo el evento y sentía que su cabeza daba vueltas hasta el punto de vomitar ya que había sido el cambio más drástico en la historia de sus salidas.

— ¿Qué dijo el criminal?— preguntaba el policía sin mostrar piedad en su mirada.

Ryan repetía sus palabras sin dejar al ladrón, —Él dijo que debía ser una noche grandiosa. —

— ¿Y por qué no puede ser una grandiosa noche ahora?— preguntó el segundo oficial esperando una respuesta.

El otro criminal respondió con unas palabras que sonaban practicadas con anterioridad mientras sacaba una pequeña caja de su bolsillo, — ¡Porque Ryan necesita esto!—

Sandy se quedó perpleja por la situación preguntándose como es que el ladrón conocía el nombre de su novio y por qué el necesitaría algo en ese preciso momento.

Ryan tomó la caja, se acercó a Sandy y como ya estaba arrodillado abrió la caja y preguntó, — ¿Te casarías conmigo, cariño? —

Los policías y los dos ladrones dijeron en coro, — Por favor, di que sí. Lo necesita. —

La primera reacción de Sandy fue llorar y golpear a su novio un par de veces en los brazos, para después comenzar a tranquilizarse diciendo con una mezcla extraña de sentimientos, — ¡Si, acepto! ¡Te amo Ryan, te amo demasiado!—

La pareja se besó, los criminales y los policías los felicitaron ya que eran actores que Ryan había contratado para esa noche y esa loca escena. Sus amigos habían estado ahí, como espectadores a la lejanía para celebrar el momento también.

Esa fue una gran noche para aquella pareja. Sandy no pudo dormir bien esa noche por los sentimientos encontrados, pero principalmente porque uno de sus sueños se haría realidad.

CAPÍTULO 2
SE FELIZ CON TODAS LAS COSAS
QUE PASAN EN TU VIDA.

Arthur caminaba por la calle, esperando por fin llegar a casa para estar con su amada esposa; silbaba sin razón alguna, se sentía feliz y traía consigo un ramo de rosas amarillas que eran las favoritas de su esposa. No había excusa para comprar ese regalo, solo era una demostración de todo el amor que sentía por ella; su esposa se merecía todas las cosas que quería.

Toda su vida había deseado tener una familia hermosa, poder casarse con su novia de la preparatoria después de haber estado juntos por más de diez años, habían hecho que todo pasaba por una razón.

"¡Debí de haber hecho algo bueno en esta vida para estar tan bendecido! ¿Cómo puedo sugerirle la idea de tener niños sin hacer que se sienta presionada?" — se preguntaba Arthur por cómo se sentía, ya que tenía la idea de estar acaparando todo lo bueno para su vida.

Él pensaba en preguntarle a su esposa si deseaba al menos tener un bebé aunque ya anteriormente ella había estado en desacuerdo en tener uno, por que pensaba que no podía ser una buena madre; ella creía que no estaba hecha para esa tarea debido a su falta de tolerancia a la frustración y a poner atención a algún niño chiflado corriendo como loco por todo el lugar.

"Yo sé que será una gran madre pero parece estar un poco obstinada con la idea de seguir su corazonada; no lo sabrá hasta que decida ser madre," trataba Arthur de ganar esa discusión en su cabeza en

contra de la idea de ella.

Continuaba silbando a un ritmo desconocido y aumentaba la intensidad de su melodía con cada paso que daba volviéndose más cadencioso su andar. Nada hacía que perdiera ese momento y estaba determinado a obtener un **Sí** por respuesta.

Tocó la puerta y unos pocos segundos después su esposa abrió usando un delantal ya que estaba tratando de preparar unas galletas; Arthur solo se paró enfrente de ella con el ramo ocultado su rostro para así sorprenderla y ver su reacción por dicho obsequio.

— ¡Las flores más hermosas para la mujer más hermosa del universo! — dijo Arthur a su esposa, Christina, mientras movía el ramo para tener un echar un vistazo a su reacción después de recibir ese presente.

— ¿Cuál es la ocasión, cariño?—dijo Christina muy asombrada, ya que para ella era un miércoles cualquiera y el hacer una receta de galletas desde el principio era lo más excitante de su día, hasta ese momento.

Arthur le brindó la sonrisa más honesta y dulce diciéndole con una especie de espíritu de tener todo bajo control, —No necesito una razón para darte tus flores favoritas, mi hermoso pedazo de cielo. —

La abrazó fuertemente provocando que ella levantara ambas piernas y se besaron como si hubiera sido su primer día de novios; ambos sentían un amor incondicional el uno por el otro y Arthur realmente buscaba la felicidad para ambos.

— Espero que te gusten estas galletas que estoy haciendo para ti, mi vida — dijo Christina ansiosa por demostrarle a su esposo lo mucho que le importaba, incluso revisando tutoriales en YouTube para intentar hacer algo que no había hecho antes.

Arthur acompañó a su esposa hacia la cocina rodeando su cintura con su brazo platicando acerca de cómo había pasado la mañana y parte de la tarde por preparar su sorpresa.

Él tomó un par de las ya preparadas, degustando lo rico que

sabían esas galletas, ya que estaban hechas con el ingrediente más importante de todos: amor.

— ¡Dios mío! Están muy deliciosas, amor, — dijo Arthur mientras saboreaba esa galleta con sus ojos bien abiertos, ya que no imaginaba que su esposa pudiera hacer esas galletas tan deliciosas y sobre todo porque ella no había tenido la oportunidad de preparar algo tan delicioso en toda su vida.

— ¿Hablas en serio, cariño? No estás jugando conmigo, ¿verdad?— dijo su esposa halagada por esas palabras porque no creía que era capaz de preparar algo con tan buen sabor, — Sólo estás diciendo cosas que quiero escuchar, ¿verdad?—

Arthur estaba a punto de comer la segunda galleta, la cual estaba ya en su mano derecha y dijo con la boca llena, — En verdad, cariño, eres una gran repostera. —

Ambos se sentaron, se sirvieron dos vasos de leche con chocolate para disfrutar esas galletas de gran calidad, platicando y conviviendo amenamente.

Él intentaba, con toda su fuerza interior, traer el tema de tener hijos pero tenía dificultades para encontrar las palabras correctas y decir lo que necesitaba, pero sólo comenzó a balbucear algunas palabras, — Cariño, quiero decir algo pero no sé cómo empezar. —

— Espera amor, también tengo un tema que quiero compartir contigo; es por eso que comencé a hacer las galletas para nuestra perfecta celebración, — dijo Christina adelantándose e interrumpiendo las palabras de Arthur.

Arthur, de manera ansiosa, puso sus manos enfrente en señal de querer interrumpir lo que fuera que su esposa deseaba decir, ya que tenía la necesidad de traer el tema de tener hijos lo más pronto posible, — Déjame hablar a mi primero, amor por favor. Quiero que me escuches primero a mí y más tarde me dices lo que quieras decirme, ¿te parece? —

Christina se sentía un poco ansiosa también, ya que él no quería escuchar lo que ella quería decir y lo dijo con más énfasis en sus palabras al mismo tiempo que ella abría más sus ojos, — Mi cielo, escúchame. Tengo algo que decirte y no creo que sea más importante que lo mío. —

— No, no creo que mi tema pueda esperar más, — decía Arthur, evidentemente frustrado por toda la interrupción, — Es algo que he estado pensando por algunos días hasta el día de hoy. —

— No creo que tengas la más mínima idea de lo que quiero decir, cariño; de lo contrario cerrarías la boca, — continuaba hablando su esposa, ya que no quería que pasaran por encima de ella estando firme en mostrar su intención de no ser la segunda en la plática.

Arthur realmente se alteró, pero recordó un consejo que le había dado su abuelo, en el cual debía permitirle hablar primero a su esposa para que sintiera escuchada.

— Está bien, amor. Tú me dices primero lo que quieres decirme, — dijo Arthur con una sonrisa reflejada en su rostro y tratando de aguantar hasta escuchar todo lo que ella quería decir para luego presentar su tema.

— Bueno, amor, — comenzó Christina a mostrar cierta felicidad, haciendo que aumentara la ansiedad e impaciencia de Arthur, ya que no sabía de qué se trataba, — Me he estado sintiendo rara estas últimas semanas y era hora de tener algunas pruebas. —

— ¿Estás bien, cariño? — dijo Arthur olvidando su idea enfocándose por completo en su esposa y en aquellos segundos donde la sangre se le fue directamente a sus pies, empezando a sentir como le recorría un escalofrío con la sensación de sudar frío.

Su sonrisa se hizo más grande y dijo sin preocupación, —Sí, amor. Estoy mejor que nunca. —

Arthur estaba desconcertado por completo, no sabía que pensar porque sus palabras lo llenaban de incertidumbre y preguntó totalmente nervioso, —Entonces, ¿qué tienes, Chris?—

— Tengo una pequeña sorpresa para ti en ese pequeño paquete a tu derecha, — dijo Christina apuntando hacia donde había colocado una pequeña caja justo a la derecha de su vaso de leche con chocolate.

Arthur tomó el pequeño paquete inmediatamente, lo abrió de una sola vez sintiendo una ansiedad que jamás había sentido debido a todas las cosas que habían estado sucediendo.

— ¿Es lo que creo que es? — él tenía una prueba de embarazo en su mano derecha al momento que preguntó a Christina con ojos llenos de amor y manos temblorosas.

— Sí. Significa que seremos padres, — gritaba ella tan emocionada y él fue directo a abrazarla con todo su amor besándola con gran cariño como esa primera vez, — ¿Es tu tema más importante que el mío, cariño? —

Ambos reían y lloraban a la vez; empezaron a planear que hacer en los siguientes meses como familia, la cual estaba a punto de crecer.

CAPÍTULO 3

Sandy y Ryan, habían reunido tanto a familiares como amigos para seguir celebrando el acontecimiento relacionado a su compromiso matrimonial. Estaban muy agradecidos por la presencia de todos sus seres queridos, ya que era algo importantísimo que debían compartir con todos.

— ¡Felicidades, Sand! Espero que su matrimonio dure todos los años que puedan vivir como pareja — decía un amiga al momento que llegaba a la fiesta, dándoles un gran abrazo y deseándole lo mejor a los futuros esposos.

Sandy daba la bienvenida a todos los invitados junto con su prometido, devolviéndoles a todos la misma efusividad en su abrazo, — ¡Oh, gracias por desearnos lo mejor, Nadia! Espero que podamos disfrutar mucho nuestro matrimonio tanto como el que ustedes han tenido. —

En eso, llegó el padre de Sandy junto con su hermano y nuera todos vistiendo formalmente para esa ocasión y su padre no podía esconder lo orgulloso que estaba de que su hija pequeña estaba en el proceso de casarse diciéndole con una lágrima bajando por sus mejillas, — ¡Felicidades, preciosa! ¡Estoy tan feliz por ustedes, par de jóvenes que están a punto de comenzar ese hermoso viaje de estar juntos como Dios manda! ¡Desearía que tu madre pudiera verte la cara llena de alegría! —

— ¡Oh, papi! ¡Desearía que ella estuviera aquí con nosotros, también!— Sandy fue directamente a sus brazos y compartieron la misma alegría sobre la celebración mientras su hermano y cuñada hablaban con Ryan acerca de lo bendecidos que estaban, ya que parecían la pareja perfecta.

— ¡Estamos muy contentos que hayan podido acompañarnos! Sé que tu padre no se ha sentido bien en estos últimos días; pero preferimos verlos aquí, Nate, — le dijo Ryan a su cuñado mientras entraban al lugar lleno con todos los amigos que los acompañaron ese día tan especial.

Se percibía un ambiente lleno de calidez mostrada en la sonrisa de cada uno de los invitados, compartiendo y disfrutando esa noche. Había buena música y buena comida haciéndolos sentir como en casa.

Un joven golpeó con el tenedor que tenía en su mano izquierda sobre su copa de champaña y todos guardaron silencio para escuchar lo que ese chico tenía que decir, — ¡Buenas noches a todos! Espero que todos estén felices hoy porque esa es la intención de esta pequeña reunión. Hoy nos hemos reunido aquí en la casa de Ryan para celebrar su compromiso con Sandy. Para ser honesto, nunca lo había visto tan feliz y sólo es el comienzo de un hermoso escenario de estar unidos por la ley y Dios. No les deseo nada más que lo mejor para el resto de sus vidas y disfruten cada segundo que estén juntos, ¡ya que es el verdadero tesoro de iniciar una familia! ¡Por favor, todos levanten sus copas y únanse a nosotros en este brindis por la pareja que estamos celebrando hoy! ¡Salud, hermano y futura cuñada! —

La hermosa pareja, que estaba en el centro del patio, se unió en un beso justo después de que todos los animaron para hacerlo; los padres de Ryan estaban ahí, también, disfrutando del evento ya que ellos se habían encargado de la fiesta porque lo merecía su hijo mayor.

— ¿Cómo te sientes, amor? ¿Es esto demasiado? — le preguntaba Ryan a Sandy, ya que ella era una chica tímida y se le veía un semblante de cansancio debido a todas las cosas que sentía, que quizá eran muchas emociones entremezcladas en esa noche especial, —Te ves un poco inquieta, corazón. Espero que mi familia no se haya pasado de la raya de acuerdo a tus estándares. —

— ¡Para nada, Ryan! ¡Tu familia ha sido maravillosa conmigo y mi familia! Estoy solamente un poco abrumada por todas las cosas que hemos hecho, todas las personas que nos han felicitado; además, más de la mitad son extraños para mí. No me lo tomes a mal, ¡pero no es lo que yo me imaginaba de una fiesta pequeña! — dijo Sandy con un poco de frustración por lo que pasaba en ese momento, y lo que tenían que hacer para estar algunos minutos con cada una de las personas que solo deseaban lo mejor a la pareja.

Ryan se sonrojó, ya que entendía lo que su prometida trataba de explicar y dijo mientras acariciaba el cabello de su prometida acomodándolo detrás de su oído, — Lo sé, mi amor. Pero tú sabes que mis padres querían festejar con cada persona que conocen y no tuve corazón para hacer eso. ¡Te prometo que en menos de una hora todos se van y podremos estar tú y yo solos! —

Sandy sonrío, invocó toda su energía para superar sus ideas y se dedicó a ser la pareja que su prometido necesitaba esa noche para fines sociales; ambos pasaron pocos minutos en cada mesa tomándose algunas fotos con el fin de guardar esos lindos recuerdos que estaban compartiendo con todos sus seres queridos.

En un momento, Ryan dejó a su prometida sola, disculpándose para ir al baño; Sandy se quedó en una mesa donde algunos de sus mejores amigos hablaban de lo hermosa que se había puesto la fiesta.

Mientras ella reía con sus mejores amigos y sus respectivas parejas, en el fondo un piano se escuchaba romántico, y de repente Ryan comenzó a cantar mientras todos aplaudían, —*"Ella podría ser la cara que no pudiera olvidar, un rastro de placer o arrepentimiento, tal vez el tesoro o el precio que tengo que pagar..."*—

— ¡Aw!—algunas mujeres exclamaron en plan romántico mientras Ryan estaba en el escenario y la luz se dirigía hacia él con micrófono en mano como si fuera un cantante profesional.

En eso, le decían a Sandy que volteara al escenario viendo a

Ryan cantando esa canción, haciendo que su corazón se derritiera al mismo tiempo que sus piernas no respondían como le hubiera gustado, *"Espero que él no quiera que me suba ahí porque me voy a caer. Apenas puedo estar parada ahora."*

Mientras él continuaba cantando aquella canción, Sandy comenzaba a llorar sintiendo su pecho lleno de amor, esperanza, alegría, todos mezclados dentro de su corazón; él hacía lo que más amaba: ser el alma de la fiesta, que en aquel momento era muy bien merecido.

Cuando terminó, se acercó a su novia, la tomó entre sus brazos y con un movimiento romántico la inclinó para darle el mejor beso que jamás había recibido.

— ¡Estás loco, amorcito! ¡Nunca hubiera imaginado que ibas a cantar enfrente de todos! —dijo Sandy con los ojos llenos de amor por su novio, ofreciéndole una tierna sonrisa por haber hecho eso.

Ryan sintiéndose agradecido por tener la oportunidad de estar con ella en ese preciso momento, sólo le decía para hacerla sentir complacida, — ¡Haría cualquier cosa por ti, nena! Eres mi vida y te amo más que a nadie. ¡Esto es lo que recibirás cada día que pasemos juntos, cariño! —

Todos aplaudían reconociendo que había hecho algo grato, sólo asintió haciendo que todos creyeran que él había aceptado todos esos aplausos como pago por su actuación. La banda continuó tocando canciones románticas y algunos de los invitados comenzaban a bailar.

Una vez que regresaban a su mesa, Sandy notó que su hermano se dirigía hacia donde ella estaba, la tomó del brazo tratando hacerla sentir que nada pasaba, — Sabes, ya nos vamos. Papi no se siente bien después de haber comido esta cena. Yo creo que fue algo que le pusieron al salmón. —

Sandy sólo volteó sobre su hombro para ver a su padre, que estaba a un par de mesas a su derecha y contestó, — ¿Estás seguro de que sólo siente eso? ¡Parece que está sufriendo! —

— No, tiene dolor de estómago. Déjame lo llevo a casa. Disfruta el resto de la noche y por favor, ¡no te preocupes! Él es duro como un roble así que, tranquila, ¿sí?— dijo Nate en un intento de tranquilizar la inquietud de Sandy después de haber visto a su padre, haciéndola sentir que tenía la situación bajo control.

Ella miró a su prometido y Ryan no dijo una sola palabra, así que trató de no ser paranoica, sonrió un poco para que él se sintiera libre de cualquier presión, — Él estará bien. Déjame decirle adiós y regreso en unos minutos, cariño. —

Sandy se dirigió a la mesa de su padre, se sentó a su lado para revisarlo y saber si había sucedido algo que no sabía, — ¿Estás bien, papi? ¡Te ves como si fuera algo realmente doloroso! —

— ¡No es nada, calabacita! Es porque el salmón estaba muy salado para mi gusto. Quédate en tu hermosa fiesta; Nate me llevará a casa para que tome mis pastillas y dormir un rato. No te preocupes por mí, preciosa. Disfruta con tus amigos y tus suegros, — dijo su padre con su mejor sonrisa mientras se tocaba el abdomen con su mano derecha mostrando algo de incomodidad en su rostro, pero evidentemente tratando de no darle importancia a la situación.

—Ok, pero sea lo que sea que sientas me llamas a cualquier hora, ¿ok?— Lo besó en su frente, los dejó ir para después tomar su lugar a lado de su prometido.

CAPÍTULO 4

LOS AMIGOS ESTAN A TU LADO IN-CLUSO EN LOS MOMENTOS MALOS.

Arthur subía rápidamente las escaleras para llegar a su apartamento y tenía su corazón latiendo muy fuerte como si hubiera recibido una inyección de adrenalina; estaba tan feliz porque era la primera cita con el médico para revisar el proceso de embarazo, y no sólo tenía que recoger a su esposa sino también a su madre, ya que deseaba acompañarlos.

— ¡Lo siento, pero hay muchos autos en la calle! ¡Este tráfico me ha hecho perder la cabeza! — gritaba Arthur mientras abría la puerta y veía a sus dos damas favoritas sentadas hablando en la sala.

Christina terminaba su té mientras se ponía de pie para llevar los trastes hacia el fregadero y tratando que Arthur se sintiera cómodo por llegar tarde un par de minutos, — ¡Tranquilízate cariño! Hemos estado buscando nombres en caso de que nuestro bebe sea niño o niña. No perdimos tiempo esperando, amor. —

Ruth, la mamá de Arthur, tomó un plato con galletas e intentó ayudar a su nuera limpiando la mesa que habían usado y dijo, —¡Hijo, relájate! Estamos bien, además debemos de estar con la doctora a las 4 pm; eso nos permite tener mucho tiempo para llegar con algunos minutos de sobra. —

— ¡Oh, Dios mío! ¡Pensé que estábamos a punto de perder nuestra cita! — Arthur suspiró de alivio, relajándose un poco y diciendo con la mejor de las intenciones, —¡Espero que podamos llegar y ver a nuestro bebé por primera vez, querida! —

Christina volteó al cielo y puso sus ojos en blanco, chasqueando su lengua y dijo, en forma sarcástica, para hacer aquel momento un poco menos tenso, — ¿Cuántas veces te he dicho que nuestro hijo estará bien? Nada malo pasará. Puedo sentir que este niño estará más saludable que nosotros tres. —

Arthur, escuchando esas palabras, ordenó un taxi desde su aplicación, bajó al piso inferior junto a sus chicas tan rápido como les fue posible para no perder su cita al mismo tiempo que se preguntaba a quién se parecería su hijo, "*¿Se parecerá a mí? Espero que se parezca un poco a mí porque no quiero tener un bebé que se parezca a un total extraño. Ojalá no sea una niña, creo que no sería capaz de manejar mis celos cuando crezca y comience a salir con chicos; tal vez hasta tenga que matar algunos sobre todo aquellos que quieran propasarse con ella. ¡Oh, me estoy volviendo loco ahora mismo!*"

Una vez dentro de la oficina de la doctora, aguardaban en la sala de espera para que los atendieran mientras Ruth leía una revista que tenía un artículo interesante sobre música que hacía más inteligentes a los bebés; Christina se mordía las uñas, ya que no sabía cómo iba a salir en su revisión.

Arthur aparentaba estar más tranquilo que el resto pero al mismo tiempo su mente lo hacía sentir extremadamente ansioso y preocupado; él estaba en un mundo desconocido, del que nadie le había hablado, enfocándose en respirar sin morir en el intento.

— Christina Roberts, por favor, sígame al cuarto número tres para su primera revisión, — dijo una enfermera después de leer el informe con sus datos sobre lo que sería sus primeros exámenes.

Arthur se acercó a Christina, ofreciendo su brazo para así entrar juntos al cuarto mientras Ruth se unía a ellos en el corredor, en camino al cuarto.

Los tres, ya dentro del lugar designado, tomaron asiento y en silencio esperaban la indicación hasta el momento que se acercó una doctora que inmediatamente se presentó, — ¡Hola soy la doctora a cargo! ¿Quién es nuestra nueva clienta? ¿Eres mamá primeriza? No te preocupes, nada malo pasará. Sólo queremos ver como su bebé está creciendo y tomar unas fotos de su matriz. —

La doctora procedió a darle una bata y mostrar el cuarto donde podía cambiarse de ropa, señalando la puerta detrás de ella, — ¡Toma esto y siéntete cómoda! Puedes usar ese cuarto, estaremos esperándote aquí mientras tu esposo nos dice todo lo que necesito saber para empezar nuestra revisión regular, ¿está bien?—

— ¿Cuántos años tiene su esposa? ¿Cuál es su peso? ¿Toma algún medicamento o tratamiento que no sepamos?— preguntaba la doctora de manera franca sin dar espacio a ningún aspecto erróneo que necesitara considerar.

Arthur comenzaba a contestar todas las preguntas que recibía de la doctora, mostrando concentración en su rostro, — Tiene 28 años. Su peso ha sido de 52 kilogramos desde que nos conocimos y no toma ningún medicamento o tratamiento, ya que ella es muy saludable. —

— ¡Bueno! En ese caso, necesitaré corroborar toda la información una vez que ella este aquí con nosotros. No es que no le crea sino que sólo quiero confirmarlo con mis propios ojos, — dijo la doctora en tono de broma mientras esterilizaba sus manos, se ponía unos guantes y movía el aparato de ecografía para hacer la revisión.

Christina salió del cuarto usando la bata sintiendo un poco de pena, ya que no sabía cómo manejar las cintas de su espalada para amarrarlas, sólo sujetándolas por las orillas como podía para evitar que no se abriera, — ¡Yo creo que no sé cómo amarrar estas cintas, doctora! —

— ¡No te preocupes, linda! Te ayudaré, — dijo Ruth levantándose de su lugar y acercándose para ir al rescate de su nuera colocándose por detrás de la espalda de Christina y así amarrar aquellas cintas, — ¿Cuál era la información de Christina, doctora? —

La doctora señalaba la báscula y dijo mostrando una sonrisa, tratando de saber si su esposo tenía realmente conocimiento o sólo estaba pretendiendo saber la información — ¿Puede subirse en la báscula para saber su peso ahora, por favor? De acuerdo a su esposo, usted pesa 52 kilos pero queremos saber si eso es verdad porque su cuerpo va a fluctuar en peso y debemos saberlo sin adivinar. —

— ¡Vamos a ver! Usted pesa 55 kilogramos, 1.65 metros de estatura. ¿Puede sentarse en ese lugar mientras preparo el aparato para ver su bebé? — decía la doctora mientras preparaba la máquina y Christina se acomodaba en ese asiento especial, — Recuéstese, por favor. Debemos ponerle atención al peso que gane por el bien suyo y del bebé, ¿sí? —

— ¿Cómo está el bebé? — preguntaba Ruth poniendo sus manos cubriendo su boca mientras esperaba algunas noticias del bebé que estaba gestándose en el vientre de su nuera.

La doctora pasaba el escáner sobre el vientre de Christina justo después de poner algo de gel para tener una mejor imagen del bebé y al mismo tiempo que tocaba la pantalla le respondía, — ¡Todo se ve muy bien! Su bebé tiene aproximadamente 8 semanas de gestación, y esta pequeña bolita que se ve aquí es su bebé. ¡Felicidades! —.

Arthur tomó la mano de derecha de Christina inclinándose para estar más cerca de ella, al mismo tiempo que observaban la pantalla y veían como lucía su bebé; Ruth se acercó más y abrazó a su hijo por la espalda haciéndole saber lo orgullosa que se sentía.

Christina se sintió muy agobiada por el hecho de que aquella *"cosita"* estaba creciendo dentro de ella mientras sus ojos se llenaban de lágrimas volteando a ver los ojos de su esposo y encontrar calidez dentro de ellos, — ¿Estás viendo a nuestro bebé, amor? ¡Este es el fruto de nuestro amor, en esa pantalla! ¿Estás tan feliz como yo? —

— Por supuesto, estoy lleno de felicidad y emoción, linda. ¡Este es el mejor día de mi vida! — decía Arthur con éxtasis mientras seguía observando la pantalla donde su bebé era un poco más grande que un frijol pero imaginándolo como la cosa más increíble de toda su vida.

— ¿Les gustaría saber si es niño o niña? ¡Solo hay que esperar unas semanas más!— dijo la doctora bromeando con ellos, ya que aún no tenía la suficiente madurez el embarazo como para conocer esa información.

Christina tomó el liderazgo y respondió sin siquiera consultarle a su esposo, —No, no queremos saber su sexo. Deseamos que sea una sorpresa para cuando él o la bebé salga de mí el día del parto. Esta es una de las pocas sorpresas que la vida nos regala, así que esperaremos hasta ese día, doctora, —

Su mamá no dejó de abrazarlo, pero en ese mismo instante ella sintió que comenzaba a tener dificultad para respirar, sintiéndose un poco mareada.

— ¡Estoy viendo borroso, Artie! — Fue lo último que dijo Ruth antes de desmayarse e ir al suelo.

CAPÍTULO 5
NO HAY VIDA PERFECTA; TODO ES AGRIDULCE EN ALGÚN MOMENTO.

Maestra, ¿le puedo decir el alfabeto completo? ¡Creo que ya me lo sé! — gritaba una niña con cabello obscuro rizado mientras movía su mano en señal de atención porque sentía que ya había repasado su tarea.

Sandy se encontraba en su escritorio revisando la agenda que tenía para esa mañana; ella era maestra de escuela primaria y sus alumnos habían estado practicando el alfabeto por cuatro semanas, que hasta ese punto, casi todos se lo sabían por completo pero aún no tenían la habilidad de decirlo seguido.

— ¡Espera un segundo, Allison! — decía Sandy manteniendo su mano derecha elevada al mismo tiempo que terminaba de leer las actividades que debían practicar todos los días, — Bueno, ¿te gustaría empezar ahora mismo? —

Allison tomó un profundo respiro, se puso de pie desde su banco mientras el resto de sus compañeros se emocionaron dándole aplausos y cantando alentándola a realizar la actividad, — ¡Vamos, Allison! ¡Tú puedes! —

La pequeña niña se sonrojó pero sonriéndole a sus compañeros de clase por darle el apoyo que necesitaba en ese momento, ya que estaba a punto de demostrar que había practicado mucho el alfabeto, — ¡Está bien! Voy a empezar. Si tengo errores empezaré desde el principio como nos dijo, maestra. —

— Tómate tu tiempo, Allison. Vamos a estar aquí apoyándote como los buenos amigos que somos, — mencionó Sandy mientras ponía toda su atención a su valiente estudiante, dándole como regalo una sonrisa reconfortante que tenía para esos momentos cuando los niños sentían tensión por aprender o hacer algo más difícil de lo normal, — Recuerden, chicos: Es sólo otra práctica y si necesitamos más tiempo, ¡está bien! —

—A-b-c-d-e-f-g, — comenzó Allison a decir jugando con su cabello al mismo tiempo que observaba el pizarrón concentrada sin voltear a ver a su maestra, ya que sentía una presión extra y siguió, —H-i-j-k-l-m-n-o-p…—

De la nada, ese increíble avance se vio interrumpido cuando tocaron la puerta de manera rápida y fuerte, seguido de otro golpe mucho más fuerte cuando la puerta golpeó la pared e hizo que todos los estudiantes y maestra voltearan a ver qué sucedía.

— ¡Disculpe, maestra Myers! Pero tiene una llamada de Nathanael, ¡dice que es una emergencia! Perdón por interrumpir su clase, — dijo la asistente del director mientras Sandy entrelazaba sus dedos como en un afán de evitar lo peor manteniéndose en la misma posición sin saber cómo debía ser el protocolo, ya que era su primer llamada de emergencia en todos sus años como maestra, — ¡Adelante, yo tomaré la clase mientras regresas! —

Los ojos de Sandy se abrieron como nunca y esa sonrisa común en su rostro tierno se borraba al mismo tiempo que prestaba atención a cada detalle de cada palabra que Rita había dicho y trataba de ocultar su sentimiento fingiendo una nueva sonrisa y se disculpó, — ¡Ok, chicos! Rita estará con ustedes un momento. Así que, sean buenos estudiantes y cualquiera que quiera decir el alfabeto, ella se lo sabe, también. —

"Nate nunca me llama cuando sabe que estoy en clase, ¿cuál será la emergencia? ¡Santo cielo, espero que todo esté bien! Tal vez papá se sintió mal otra vez o tal vez su esposa le dijo que iba a ser papá. Mi mente está a punto de explotar, ¡no puedo manejar estas cosas!" se

decía a sí misma tratando de encontrar alguna emergencia posible en sus pensamientos mientras se apresuraba para contestar la llamada en el escritorio de Rita.

Cada segundo que pasaba parecía eterno a cada paso que daba mientras se acercaba al teléfono sintiendo miles de cosas siendo incapaz de saber de qué trataban esas noticias, *"Papá estaba bien la última vez que lo vi; fue antier. Nathan no tiene ningún problema relacionado a su salud o vida aunque siempre ha tenido este temor irracional sobre perder una extremidad, además está en muy buena forma; no creo que Betty esté enferma, porque es nutrióloga y toda su vida es acerca de la buena comida y ejercicio... ¿qué diablos pasa, entonces?"*

Tan pronto llegó a la oficina de Rita, se concentraba en mover su mano derecha para alcanzar el teléfono y su corazón dejaba de latir por un instante siendo lo opuesto a lo que se había imaginado; dejando de respirar comenzó a percibir las fuertes palpitaciones porque sentía cada latido sonar en sus oídos.

—Nate, ¿Qué está pasando? ¿Por qué me llamaste? — soltó las preguntas sin pensar en lo que iba a escuchar, sólo necesitaba que su voz saliera o si no su pecho iba a explotar.

Nate tartamudeaba, ya que no podía articular bien las palabras que había seleccionado porque le hacía falta la delicadeza para dar el mensaje a su amada hermana sabiendo que la noticia podía devastarla, así que lo dijo de la mejor manera que podía, — S-S-Sandy: p-p-papá está en el hospital porque el dolor de su estómago resulto ser un tumor. —

Sandy no pudo manejar bien la noticia, cayó sobre sus rodillas llorando a más no poder y sollozando mientras trataba de obtener más información de su padre, — ¿En qué hospital? ¿Cómo sabes que es un tumor? ¿Cómo está el ahora? ¿Qué dicen los doctores acerca de su pronóstico?—

—Creo que es mejor si vienes y te enteras por ti misma. Estamos en su hospital de siempre; tú sabes, el que está enfrente del supermercado cerca de la estación de bomberos, — dijo Nate con voz de desesperación y de la manera más honesta posible, ya que era difícil explicar la situación por teléfono.

— ¡Voy en camino! — dijo Sandy con seriedad en su voz al mismo tiempo que secaba el mar de lágrimas espesas con las mangas del saco, sin darse cuenta que se traía un poco de rímel sobre sus ojos dando la pista que había estado llorando.

En camino a la salida, le dijo a la recepcionista tratando de verse fuerte pero careciendo de la apariencia para ello por toda la ansiedad que mostraba en su lenguaje corporal, — Mi padre está en el hospital y acabo de recibir una llamada. Estaré ausente y no creo que pueda regresar este día, Bertha. Por favor, dile a la directora que la mantendré informada tan pronto sepa algo acerca de su condición. —

Bertha sólo asintió escribiendo todo lo que Sandy dijo en un pequeño papel que tenía cerca para dárselo a la directora tan pronto como saliera de la junta en la que estaba.

Una vez ya dentro del hospital, un tornado de pensamientos invadió su mente haciéndola pasar un mal rato, *"¿Cómo puede ser un tumor? Él ha estado tomando todas sus medicinas y ha estado asistiendo a cada cita con su médico, ¿Entonces? ¿Un tumor? ¿Todos los dolores de estómago que ha estado sintiendo últimamente terminaron siendo este supuesto tumor? ¿Cómo llegaron a esa conclusión? ¿Han hecho algunas pruebas que yo no sepa? ¡Por favor, Dios, cuida de él! ¡No soy tan fuerte para tomar bien esta situación ahora!"*

Cuando entró al cuarto de su padre, estaba sedado y Nate fue con ella con los ojos rojos debido a tanto llanto para decirle mientras la abrazaba, — ¡Es cáncer, Sandy! ¡Papá tiene cáncer! —

— ¿Cómo pueden decir que es cáncer, Nate? — preguntaba Sandy rudamente mientras lo apartaba para que contestara todas las preguntas y entender la situación real.

Nate sollozaba al mismo tiempo que intentaba hablar y poder explicarle a su hermana todo lo que sabía, — Él tenía un dolor fuerte en la mañana pero yo no estaba en casa en esos momentos. Él sólo llamó a la ambulancia y me llamaron apenas lo ingresaban aquí. Papá estaba en la sala de emergencia, así que le dieron unos analgésicos para que descansara un poco; revisaron su abdomen y había un bulto que a los doctores no les gustaba en lo absoluto, por eso es que le hicieron otros estudios para descartar un posible tumor pero el estudio salió positivo a una forma de cáncer y aparentemente ya ha invadido todo su abdomen y tórax. ¡No hay algo que podamos hacer, hermana! —

Sandy sintió en ese momento que su mundo se derrumbaba y no era capaz de mover un solo musculo justo después de aquellas palabras amargas; trataba de procesar todas las cosas que había escuchado mientras su mente estaba en shock porque carecía de información que le explicara porque todo eso estaba sucediendo.

Su bolso comenzó a vibrar porque estaba recibiendo una llamada; tomó su teléfono y vio la foto de su prometido contestando inmediatamente, — ¡Hola, amor! Sí, estoy en el hospital. Mi papá tiene cáncer. —

Ella continuó hablando por teléfono dejando que su sentimiento saliera llorando a todo pulmón sin tener la más mínima idea de que había detonado esa situación en su padre; un poco después, Ryan llegó para consolarla abrazándola cálidamente y ambos esperaban al médico encargado para confirmar las cosas que sabían para conocer el siguiente paso de su tratamiento.

Ese día fue uno de los días más tristes en la vida de Sandy mientras Ryan estaba a su lado dándose cuenta de lo que le sucedería con las cirugías y tratamientos a su futuro suegro, sin querer ahondar sobre el asunto.

Nadie durmió esa noche.

CAPÍTULO 6
LA FAMILIA ES LO MÁS IMPORTANTE.

Arthur tuvo una mañana muy interesante en su trabajo, ya que el hospital no tenía suficiente personal y muchos pacientes habían estado esperando a que los atendieran; él usaba todo su talento como enfermero que le hacía sentir una gran confianza el saber que estaba haciéndolo con excelencia. Tenía la idea de que tomar el exámen para la escuela de medicina no iba a ser una pérdida de tiempo.

—¡Buenos días, Señor Smith! Espero no haberle despertado pero necesito cambiar el medicamento para que se sienta mejor, — decía Arthur mientras administraba unas medicinas directamente al suero que tenía en el brazo izquierdo del señor Smith, — ¡No se preocupe, de acuerdo a sus doctores usted está a punto de ir a casa!; ésta es la última medicina que le daremos y después estará disfrutando ese show de TV que tanto le gusta por la noche. —

El señor Smith sólo sonrió y lo dejó poner la medicina mientras decía con alegría, — ¿Alguien te ha dicho que eres el chico más bueno de todos? Este ha sido un día muy agradable porque has andado por aquí y honestamente te digo mi opinión: tú eres el mejor enfermero en el hospital. Espero que todo en tu vida salga muy bien, ya que nos haces sentir que todo estará bien. —

Arthur le sonrió de una manera cálida al paciente, agradeciendo sus palabras procediendo a salir del cuarto para hacer su típico rondín en el hospital antes de terminar su turno.

— ¿Qué vas a hacer esta tarde, Art? ¿Cuáles son tus planes? — preguntaba Mindy, una colega que caminaba a su lado por el corredor mientras se preparaban para hacer la última revisión a todos los pacientes para el cambio de turno.

— ¡Bueno, Mindy! Hoy es el cumpleaños de mi mamá y la vamos a llevar a su restaurante favorito pero primero tengo que ir a casa por mi esposa, — decía Arthur mientras colgaba el estetoscopio en su cuello sonriendo como si todo hubiera sido planeado a la perfección, ya que Mindy sabía que su esposa y madre eran las personas más importantes en el mundo para él, — ¡Ella ama ese restaurante porque fue donde se comprometió hace mucho tiempo! —

Mindy colocó sus manos como tocando su corazón, emitiendo un gesto de ternura, — ¡Aw, esa es la historia más linda que he escuchado! ¡Dale un gran abrazo de mi parte y vamos a terminar nuestro turno, colega! —

Ambos echaron un vistazo a sus pacientes, escribiendo todo lo realizado en el reporte para el cambio de turno y así los empleados que los sustituirían supieran lo que necesitaban hacer; todo sucedió sin problemas aunque el lugar estaba muy lleno.

Una vez terminado el turno de Arthur, mientras iba en el metro soñaba con ser un gran doctor y de esta manera ayudar a los más necesitados. Había tomado la decisión de ser un enfermero, ya que le hacía falta el dinero para estar en una mejor universidad; sin embargo, tenía la ferviente idea de estudiar medicina tan pronto tuviera la oportunidad económica y eso estaba a punto de suceder.

Mientras tocaba la puerta de su apartamento, su mente regresaba al presente y su esposa abría la puerta casi inmediatamente recibiéndolo con un amoroso beso, — ¡Hola, nene! ¡Le he llamado a tu madre como 5 veces pero no me ha contestado! —

— ¡Tal vez se está arreglando! Sabes cómo le gusta usar esas perlas que mi padre le dio por su vigésimo aniversario; además, le gusta ponerse el tipo de vestido con el cual mi papá la alagaba todos esos años, — decía Arthur creyendo tener una idea porque su mamá no respondía a las llamadas, — Recuerda que está perdiendo su oído y no es del todo fan de los teléfonos inteligentes. —

— ¡Bueno! En ese caso, deja me pongo un saco y preparar el regalo para irnos, — contestó Christina con alivio mientras entraba a su apartamento otra vez.

Ambos caminaron un par de calles hacia donde estaba el apartamento de la mamá de Arthur y hablaban acerca de cómo habían estado sus días; ellos hablaron mucho y estaban inmersos en su mundo, ya que todo parecía indicar que iba a ser una gran cena.

"¿Por qué demonios no contestó el teléfono? Creo que no lo escuchó timbrar. Sí, eso debe ser. Cuando ella empieza a ver sus telenovelas nada ni nadie puede hacer que voltee porque se perdería una escena importante y no entendería la trama," pensaba Arthur sin perder la calma y tratando de desviar su pensamiento de las posibles razones por las cuales su madre no contestaba el teléfono, *"¡Tal vez salió y fue a conseguir otro vestido porque todo tiene que quedar con esas perlas que papá le dio con todo su amor! Estoy seguro que no va a salir sin esas perlas que tanto aprecia. Además, ¡mujeres!: todo tiene que ser perfecto en sus cumpleaños o aniversarios."*

Al acercarse al apartamento de Ruth, Christina dejó salir un suspiro que se escuchó de manera de frustración mientras se ponía la mano en la cara, — ¡Olvidé traerle un pedazo del pastel que tanto le gusta! Lo dejé en el refrigerador. Bueno, ¡ojos que no ven, corazón que no siente! —

— ¡Olvídalo, mi vida! Le compraremos todo un pastel en el restaurante si tiene ganas, — le decía Arthur a Christina mientras la tomaba de la cintura para darle un beso por haber pensado en su madre a su vez que ponía la mano donde su vestido se abultaba por el embarazo, — ¡Te amo, mi cielo! ¡No sé qué haría sin ti! Y le compraremos un pedazo de pastel de chocolate, ya que no queremos que él o la bebé salga con cara de un pastel, ¿verdad? —

Arthur tocaba la puerta como cinco veces mientras se escuchaba la televisión encendida, entonces el pánico comenzó a bombardear su corazón y buscó en los bolsillos de su chaqueta las llaves para abrir la puerta y entender lo que sucedía; tan pronto como entró a la casa, su corazón se detuvo por un momento cuando vio a su madre tirada en el piso usando un vestido verde hermoso y las perlas en su cuello.

Christina dejó caer su bolso y puso sus manos en su boca para silenciar un poco su llanto; Arthur fue directo a ver a su mamá tan rápido como pudo para saber lo que había sucedido.

La acostó boca arriba, se inclinó para revisar si tenía signos vitales, — ¿Mamá, estás bien? ¿Me puedes escuchar? —

Trataba de ser minucioso pero su nerviosismo nublaba su juicio y le dijo a su esposa, —¡Llama al 9 1 1! ¡Está teniendo problemas para respirar y su pulso es muy débil! ¡Rápido! —

Comenzó a darle los primero auxilios y se perdió en sus pensamientos concentrándose en mantenerla viva hasta que los paramédicos llegaran; esos minutos duraron horas para él debido a que por su cabeza nunca había pasado la idea de que algo malo sucedería ese día tan especial.

"¿Por qué no puede respirar? ¿Habrá tomado su medicina? Nunca ha tenido dificultad para tomar su medicina; de hecho, ¡el doctor la había felicitado por tomarse todas las pastillas! ¡No te mueras, mami! ¡Quiero que conozcas tu futuro nieto! ¡No me dejes sólo aquí como lo hizo papá, por favor! ¡No sé qué haría con mi vida sin ti!" Pensaba Arthur mientras comenzaba a escuchar la sirena de la ambulancia que se acercaba rápidamente, *"¡Genial! Llegaron los paramédicos; ahora tenemos mejores herramientas para salvarte, mami. ¡Aguanta!"*

Al momento de llegar los paramédicos, Arthur les informó de todo y la subieron rápidamente a una camilla para llevarla al hospital más cercano; el traslado se dificultó un poco, ya que su apartamento estaba en el segundo piso y no había lugar apropiado para estacionar la ambulancia, así que había un poco de alboroto afuera del edificio.

Cuando llegaron al hospital, llevaron a la madre de Arthur inmediatamente para que le realizaran los estudios pertinentes y así descartar alguna posible infección o alguna alteración en su sangre; Arthur se estaba volviendo loco, Christina lo tomaba fuertemente brindándole apoyo pero sin saber que con ese apretón le dificultaba la circulación de la sangre adormeciendo su mano.

— Llevaremos a tu mamá a hacerle algunas pruebas; la enfermera te dará la información de donde va a estar, — le dijo uno de los paramédicos mientras empujaba la camilla a la sala de emergencias.

Christina se quedó en silencio por un tiempo largo porque trataba ser valiente y después de un par de minutos solo pudo decir, — ¡Yo creo que está bien! ¡Tal vez, se levantó muy rápido y perdió el sentido! —

Justo después de decir eso, un doctor llegó y preguntó abiertamente — ¿Eres familiar de Ruth O´Brian? —

— Sí, soy hijo de Ruth, ¿por qué? — contestó Arthur de manera ansiosa queriendo averiguar sobre la salud de su mamá.

— Me temo que sus pulmones están llenos de algunas masas que estamos revisando en este instante; pudieran ser algún tipo de tumor. Vamos a operar tan pronto como tengamos los resultados de esas pruebas, — mencionó el doctor mientras tocaba el hombro izquierdo de Arthur y partía dejándolos en ese lugar.

Christina abrazó a Arthur mientras él dejaba salir algo de llanto mientras decía con un nudo en su garganta, — ¡Debo llamarles a mis hermanos! ¡Ellos deben saber acerca de esto! —

CAPÍTULO 7

*TE DARÁS CUENTA QUIÉN
REALMENTE TE AMA UNA
VEZ QUE TE ENFERMES.*

¿A dónde vas, Sandy? Estamos pensando en ir por unas deliciosas alitas. ¿Te gustaría ir con nosotros para que te puedas distraer de las cosas que han estado pasando recientemente? ¿Qué dices? — le preguntaba una compañera del trabajo, ya que notaba como había estado bajando de peso y había dejado de importarle usar maquillaje últimamente.

Sandy se veía distraída pero se tomó la molestia de responder educadamente a su invitación mientras dibujaba en su rostro una sonrisa fingida, — ¡Gracias, pero no puedo, chicas! Necesito visitar a mi padre. Son muy amables al invitarme pero diviértanse porque es viernes, ¡y lo necesitan! —

"Desearía no tener todas estas cosas en mi cabeza pero no puedo salir ahora que mi padre está teniendo todos estos exámenes. Nancy y Alex no han tenido la cortesía de llamar para platicar con papá. Sólo contestan sus mensajes de texto de vez en cuando. Si no los conociera, diría que no les importa para nada. Y Nate también ha dejado de venir para ver cómo esta; no sé qué les pasa a todos ellos pero con Dios como mi testigo, no dejaré a mi padre sólo en un cuarto de hospital. Mientras esté viva me tendrá a su lado para animarlo durante su recuperación. Espero que Ryan no se enoje esta vez porque voy a cancelar nuestra cena de todos los viernes una vez más," pensaba Sandy acerca de todas estas cosas que tenía en su mente siendo ya casi un mes desde que su padre había ingresado al hospital sintiendo que no tenía her-

manos en lo absoluto y eso hacía que se sintiera frustrada.

Tomó su teléfono para llamar a su prometido sintiéndose preocupada por no saber cómo iba a reaccionar, —¡Hola, mi amor! Terminé en la escuela pero voy al hospital porque la enfermera me dijo que nadie ha estado con mi papá en los últimos dos días y no quiero dejarlo sólo en estos momentos tan difíciles. ¡Lo siento, cariño pero creo que no podré ir a nuestra cena de los viernes! ¡Espero que no te enojes y te prometo que tan pronto papá salga del hospital te lo compensaré! —

— ¿Pero por qué deberías tú quedarte cuando tus hermanos no han ido ni de pasada en todo el mes que él ha estado hospitalizado? Él tiene más hijos, ¿sabes? ¡No eres la única que tiene que sacrificar su vida todo este tiempo que esté ahí! — decía Ryan sin poder aceptar expresando lo que pensaba mientras su enojo iba en aumento, ya que no habían tenido tiempo para planificar su boda y su familia lo había estado presionando para tener todo listo lo más pronto posible, — ¡No hemos tenido ni un fin de semana para nosotros y no hemos podido empezar a planear nuestra boda sólo porque tus hermanos no se hacen responsables de cuidar a tu padre! ¡Perdón, pero no creo que sea justo para ti ni para nosotros! —

Sandy sabía que este momento tarde o temprano llegaría, ya que notaba como Ryan cada día se mostraba un poco más irritado por la decisión de cancelar sus actividades de fin de semana como pareja y con sus padres solo porque sentía la necesidad de ver a su padre mientras seguía hospitalizado, y contestó con una voz seria después de haber escuchado lo que él tenía en su corazón, — Sí, lo entiendo pero, ¿qué puedo hacer? ¿Dejarlo sólo mientras voy a cenar o nos reunimos con tus padres y con personas que ni siquiera conozco? ¿No sé qué quieres de mí, Ryan? Espero que entiendas mi situación aquí. Si mis hermanos no quieren o no pueden venir, allá ellos; pero yo tengo la responsabilidad como hija de cuidarlo de la misma manera que él me cuidó cuando era pequeña. No sé si mejorará pero mientras mi corazón este latiendo estaré a su lado sin pensarlo. No espero que entiendas mi decisión pero sí que la respetes, — dijo Sandy sacando en esas palabras todo lo que tenía en su corazón sintiendo como si le hubiera faltado al respeto a Ryan pero no tenía opción después de sentirse orillada a tener que elegir entre una buena cena o su padre enfermo.

Ryan se quedó en silencio por un momento y después de unos segundos incomodos sólo pudo decir lo que sentía mientras agachaba su cabeza cerrando los ojos, — No te digo que dejes a tu padre sólo, mi amor. ¡Es sólo que te he visto exhausta estos últimos días y deseaba que salieras de la ciudad para que tuviéramos unos días libres y así recargaras energía para otra semana exhaustiva! Discúlpame pero nunca he querido que te deshagas de tu responsabilidad con tu padre; ¡sólo trataba de quitarte un poco de presión de los hombros! ¡Te dejo pero llámame para lo que necesites! —

— ¡Disculpa por ser una reina del drama pero no creo que tenga ganas de salir o hablar con personas que no conozco! Sólo quiero que mi padre se mejore, deje el hospital e irnos a casa para que disfrute de todas sus cosas y no que esté en un lugar solitario donde todo se hace abrumador, — replicó Sandy después de sentir un poco de remordimiento por decir todas esas palabras sin algún filtro previo.

— ¡Entiendo mi amor! — contestó Ryan mostrando cierto cambio en su voz mientras decía adiós, — ¡Te extraño, adiós! —

"¿Por qué nadie puede entender que tener a un familiar enfermo no te deja opción más que cuidar de esa persona? ¿Es tan difícil de entender o soy la única que piensa así? Mis compañeras de trabajo saben mi situación y me ofrecieron salir con ellas. Ahora, Ryan que se supone me debería estar apoyando en estos momentos, empieza a despotricar por la falta de responsabilidad de mis hermanos. ¿Qué demonios les pasa a todos? ¿Por qué mis hermanos no pueden mostrar algo de compasión por papi y por lo menos le llaman para saber cómo se siente? ¿Por qué no puede Nate venir aquí y cuidarlo, ya que vive en la casa de mi padre porque no quiere pagar renta? Eso es lo menos que debería de hacer," su mente seguía dando vueltas tratando de enten-

der todas las preguntas que se hacía, ya que nada de lo que pasaba alrededor de la enfermedad de su padre parecía tener sentido para ella.

Respiró profundamente intentando calmar su molestia reflexionando cada una de las cosas que sucedía acariciando su rostro como queriendo deshacerse de todos sus pensamientos, *"No debería juzgarlos porque no sé lo que pasa en sus vidas. No debería pensar mal de mis hermanos o mi prometido; sólo necesito dormir más porque dormir sólo un par de horas no está funcionando para mí. ¡Espero que alguien se apiade y venga a cubrirme al menos algunas horas para que pueda ir a la cama seis horas seguidas! ¡Espero que alguien nos ayude pronto!"*

Sandy subió el metro y tan pronto como tomó asiento quedó completamente dormida; no supo más de sí misma perdiendo la estación donde bajaría habiendo transcurrido más de media hora de viaje sintiendo como si apenas hubieran sido un par de minutos. Tan pronto abrió los ojos, se dio cuenta que estaba ya muy lejos; se levantó para salir del metro y así regresar al hospital.

Una vez que llegó al hospital, se sentó en el sofá que estaba junto a la cama de su padre quedando de nueva cuenta dormida; sin embargo, no tuvo mucho tiempo para soñar debido a que una empleada del hospital la despertó para notificarle que su padre sería dado de alta por lo que tenía que salir del hospital ese mismo día.

La empleada sólo tocó su brazo un par de veces disculpándose por hacerlo, — ¡Disculpe por despertarla pero sólo quiero decirle que éste será el último día que su padre esté aquí! Todas las copias de los exámenes que él ha recibido y todas las recetas de los oncólogos están aquí en ésta carpeta. Pudiera firmar justo aquí y aquí y eso sería todo. Nosotros siempre le sugerimos a toda la familia de una persona con este tipo de cáncer que busque un centro especializado para cuidado paliativos donde pueda ser monitoreado día y noche, ya que me imagino que usted tiene su trabajo; esa es la única manera que puedan cuidar al paciente y su familia pueda hacer sus actividades sin dejar atrás sus deberes. Le dejaré un folleto en caso que usted esté interesada. —

— ¡Muchas gracias, señorita! Eso suena muy bien, ya que no puedo cuidarlo durante las mañanas porque trabajo. Bueno, permítame hablar a mi hermano para que venga por nosotros, — dijo Sandy mientras le daba un apretón de manos a la señorita como despedida.

Sandy revisaba el folleto y su mente comenzaba a divagar buscando opciones, ya que sabía que no iba a ser capaz de cuidar a su padre durante todo el tratamiento, — Espero que todos cooperen para una mejor manera de cuidarlo porque no creo que nadie va a querer tenerlo en su casa; ¡ni siquiera lo visitaron aquí! —

Comenzó a llorar en silencio debido a que no sabía cómo iba a pagar esos cuidados para su padre; dijo una pequeña oración y comenzó a llamar a sus hermanos y hermanastros para que supieran de la situación.

CAPÍTULO 8

NADIE SABE QUE SE SIENTE HASTA QUE ESTÁ EN TUS ZAPATOS.

¡Te lo digo mamá, ésta es la mejor opción para ti! ¡Necesito seguir trabajando ya que Christina está teniendo algunos problemas para cuidarse a sí misma! Te prometo que estaré aquí todos los días después de mis turnos; ¡no te dejaré sola aquí!—decía Arthur tratando de calmar la ansiedad de su mamá puesto que no se sentía del toda segura de vivir en ese lugar donde solían cuidar a pacientes de cáncer y como era una de ellas, necesitaba que la revisaran con regularidad para prevenir cualquier problema relacionado a la quimioterapia o sus efectos secundarios.

Ruth, quien ya había pasado por un par de cirugías para deshacerse de algunos de los tumores alojados en sus pulmones, tenía ciertas dificultades para respirar y tenía que usar una máscara de oxígeno que necesitaba traer todo el tiempo decía tomando su tiempo para completar sus oraciones, — Lo se... no quiero... que tú... estés todo el día... aquí... conmigo... tú tienes.... a tu esposa... que está embarazada... ella te necesita... más que... yo... cuida... de ella... y mi niño... sólo déjame... aquí... estaré bien... —

Arthur sentía un nudo en la garganta teniendo que hacerse el fuerte para terminar lo que iba a decir poniendo una sonrisa aunque sus ojos transmitían qué su corazón estaba roto por ver a su madre en esa condición, — ¡Ya no hables, mamá! Necesitas descansar y estaré aquí todos los días aunque no lo quieras, no es tu decisión; además, está cerca de mi trabajo así que pudiera estar aquí por un rato y después irme a casa para cuidar a Chris y mi niño. ¡No te preocupes! —

Arthur encendió la televisión en la novela favorita de su madre, le dio un beso en la frente demostrando lo importante que era para él cuidarla; incluso en lo más mínimo como ver su programa de televisión favorito para después marcharse.

Fue directamente con la recepcionista, y al momento de acercarse al mostrador comenzaba a sentirse un poco incómodo ya que tenía algunas dudas sobre el pago y preguntó tímidamente con las manos sudando sudorosas, — ¡Disculpa, amiga! Tengo una pregunta acerca del pago: ¿puedo dar un poco cada semana del pago de la mensualidad? Me estarán pagando cada semana y si cambio ese cheque lo usaré para otras cosas. —

— ¡Claro, sí! Te daremos un comprobante de pago y tan pronto completes la mensualidad, ¡te imprimiremos la factura que necesitas! — contestó la señorita que estaba a cargo de dar toda la información a cada cliente que estaba ahí con una sonrisa amable.

— ¡Oh, muchas gracias! — decía Arthur mientras se ponía de pie y agregó con un poco de alivio, — No puedes imaginar lo mejor que me siento ahora. ¡Que tenga un hermoso día, señorita! —

Decidió irse caminando a su casa para aclarar su cabeza; aquellos meses habían sido una prueba difícil para su resistencia, ya que nadie cuidaba de su mamá más que él; sus hermanos vivían en diferentes estados y la única manera que ellos podían estar allí era tomar un vuelo largo. Además todos daban excusas para no estar ahí o para no contribuir al pago de su cuidado.

"¡No lo lograré con un solo trabajo! Tal vez tome la oferta que Mindy mencionó; necesito cuidar de una persona mayor en su casa por 6 horas en la tarde y eso significa un extra para el cuidado de mi mamá. ¡No sé cuánto durará todo pero espero Christina no se enoje acerca de esto! La última vez, se enojó porque no pude llegar a la cita del doctor para ver que tanto había crecido nuestro bebé. ¡No me habló en días! Y,

¿qué pasó con todos mis hermanos y hermanas? ¿Cómo pueden ser tan insensibles y malagradecidos? ¡Mamá los necesita y ellos ni siquiera la pueden llamar para saber cómo está! Esto apesta pero no puedo dejarla sola porque no será capaz de tener la fuerza suficiente para levantarse e ir al baño sola. ¡Desearía que hubiera alguien que me ayudara en este momento! A veces no tengo ganas de despertarme para nada, sólo dormir por horas, ¡hasta que sienta que haya dormido lo suficiente para continuar! Espero que pueda lidiar con esto por algunos meses más, ¡sino todos estaremos en problemas!" Pensaba Arthur mientras caminaba por la acera con las agujetas de sus zapatos desatadas al mismo tiempo que su mente viajaba en un remolino de pensamientos que tenía debido a los días complicados que había estado viviendo.

Eran las 9 de la noche, y llegaba a su casa dándose cuenta que su esposa estaba de mal humor porque la había plantado una vez más en la cita con el médico, ya que no lo había recordado y diciendo mientras metía sus manos en sus bolsillos, — ¿Cómo estuvo tu día, amor? Acabo de ver a mi mamá en el hogar de asistencia; parece ser que son muy profesionales y cuidarán de ella las 24 horas los 7 días de la semana. ¡La dejé viendo su programa favorito y creo que estará bien por el resto del tratamiento! —

— ¡Suena bien! — dijo Christina con un tono de voz seco sin voltear su cabeza para verlo mientras veía las noticias en la televisión, — No todo se trata de ella, ¿sabes? Me he estado sintiendo rara en estos días y hoy me dejaste esperando porque se suponía que ibas a recogerme e ir al médico. ¡Pero, está bien! Pude hacerlo sin tu ayuda pero tu madre que está rodeada de enfermeras y doctores profesionales necesitaba más de tu atención.

Arthur comenzó a sentir de manera repentina tremendo coraje dentro de él que no podía controlar y sólo contestó mientras cerraba sus puños y apretaba sus dientes, — ¡Perdón porque no pude llegar a la cita! ¡Sé qué que he cometido un error, pero deja a mamá fuera de esto porque está enferma y no tiene quien la cuide solo a mí! —

Tan pronto como terminó de hablar, ella contestó gritando y frunciendo el ceño, — Sí, pero no eres su único hijo. ¿Por qué tus hermanos no pueden cuidarla? ¿Por qué tienes que estar a cargo de su bienestar? ¿No sabes que también te necesito? He sentido náuseas todo el día y he estado teniendo ganas de vomitar toda la mañana, ¡pero tú no sabes porque acabas de llegar a casa 7 horas después que tu turno terminara! No tuviste ni la decencia de contestar mis mensajes de texto. ¡Tienes que poner atención a tus prioridades o terminarás solo! —

Arthur sentía como cada palabra perforaba su corazón y alma; pensaba que estaba en una pesadilla porque su amada esposa decía esas frases llenas de rabia. No lograba entender como su esposa estaba totalmente molesta porque cuidaba de su madre que estaba enferma y se sentía descuidada después de haber perdido la cita con el doctor pero toda su familia vivía en esa ciudad y habían decidido vivir ahí debido a eso. Eso no tenía sentido para él.

— ¿Cómo puedes decir eso? Son dos cosas diferentes. A mi hermano que vive más cerca le tomaría 8 horas manejando o tomar un vuelo carísimo para llegar aquí. Toda tu familia vive en esta ciudad, ¡y decidimos vivir aquí por eso! Porque no pudiste cortar el cordón umbilical de tu familia y yo amablemente corté el mío porque preferí estar contigo. Puedes caminar e ir al baño por ti misma y mi mamá no puede ni siquiera comer comida sólida, aún. No quiero ser grosero pero estoy haciendo lo mejor para apoyar a mi familia y si esto parece que te estoy descuidando nena, ¡estás muy mal!— dijo Arthur sacando todo lo que tenía en su corazón al mismo tiempo que batallaba para terminar sus ideas y un par de lágrimas salieron de sus ojos.

Ella no tuvo palabras que decir después de escucharlo, sólo se levantó de su silla, caminó hacia su esposo para darle un fuerte abrazo.

Arthur no estaba contento con todo eso pero logró mantener sus emociones bajo control; sólo la abrazó también y se quedó ahí por unos minutos hasta que dejó de llorar.

—¡Perdón mi amor! Es que desde que se enfermó tu madre

solo has estado con ella, ¡y apenas has tenido tiempo para mí y el bebé! —dijo Christina sin saber cómo realmente manejar la situación, ya que había sido hija única y estaba acostumbrada a tener todo lo que quería con sólo desearlo.

Arthur respiraba profundamente y sólo contestó buscando evitar cualquier pelea, —¡No quise descuidarte o a nuestro bebé pero mamá ha tenido días muy malos y el doctor me dijo que ella había estado sedada la mayoría de los días porque no puede tolerar el dolor!; además, ¡tiene muchos problemas para respirar! —

Ambos se besaron y Christina le dijo lo que la doctora le había expresado acerca del embarazo; hablaron por algunos minutos antes de irse a la cama.

CAPÍTULO 9

NUNCA TEREMINARÁS DE CONOCER A UNA PERSONA HASTA QUE TODO ESTE EN DESORDEN.

¿Harás tus pagos mensualmente, cada 3, 6 meses o anualmente? — preguntaba la recepcionista mientras llenaba los papeles para admitir a su padre queriendo saber su forma de pago, ya que no había preguntado acerca de eso, — Si pagas con tarjeta de crédito cada seis meses o cada año obtendrás un descuento del 15%. —

Sandy calculaba sus gastos mientras actuaba como que ponía atención y tan pronto como pudo tomar una decisión, interrumpió el silencio incómodo y dijo, — Pagaré con tarjeta de crédito cada seis meses. ¡No, espere! En caso de alguna situación, ¿cuál es la política para un rembolso? —

— ¡Deduciremos sólo los meses que nuestro paciente haya estado con nosotros y el reembolso se verá reflejado en su cuenta en no más de 10 días después de que nuestro paciente ya no esté en nuestras instalaciones! — respondía la recepcionista sin respirar, ya que había tenido que aprenderse ese discurso de memoria en caso de que alguien preguntara eso.

Sandy sintió que invertía al mismo tiempo que trataba de calcular los pagos mensuales de su tarjeta de crédito y contestó, — Bueno, en ese caso, ¡pagaré por todo el año! Haré todo lo que sea posible por mi padre y si eso significa que tenga dos trabajos, ¡eso está muy bien para mí! —

La recepcionista no supo cómo contestar a ese comentario y solo pudo recitar otra línea de su libreto — ¡Aquí, en el hogar de asistencia Santo Tomás, lo más importante es nuestro paciente y la comodidad que eso le da a su familia! —

Sandy sonrió, le entregó la tarjeta de crédito, procedió a firmar los papeles que la recepcionista le había dado después de haberlos impreso; todo eso iba a hacer que su padre estuviera en buenas manos mientras lidiaba con su tratamiento.

Justo después de recibir las copias de todos los documentos se despidió y recibió una llamada de Ryan que contestó inmediatamente, — ¡Aló! ¡Oh, hola, mi vida! Acabo justo de terminar con todas las cosas que necesitaba en el hogar de asistencia, ¡así que estoy libre ahora!—

— ¡Excelente! Estoy afuera esperándote y podemos ir a tu apartamento a preparar una buena comida para los dos. Tengo algunas cosas del supermercado en el carro, ¿qué dices, cariño? — Ryan trataba de recuperar algo de tiempo que había perdido junto a su prometida debido a la enfermedad de su padre.

Se sintió bien al tenerlo a su lado, ya que no había comido desde el desayuno y aceptó la invitación contestando risueña, — ¡Me encanta la idea! ¡Deja apresurarme y vamos a casa por una deliciosa comida! —

Se marchó del hospital y entró al auto de Ryan donde comenzaron a hablar acerca de lo que él había comprado para preparar la comida; ambos sintieron que disfrutaban el tiempo que tenían mientras hablaban de todo.

Al momento que llegaron a su apartamento, tomaron todas las bolsas y las subieron al apartamento para tener una buena comida que se tenían bien merecida.

— Entonces, ¿qué hiciste en el hogar de asistencia, bombón? ¿Se harán cargo de tu padre como me dijiste? ¿Cuánto va a costar? ¿Cómo te puedo ayudar, nena? — comenzó Ryan a bombardearla con todas estas preguntas porque quería ser solidario y al saber eso sentiría que estaba aprendiendo como apoyarla.

Sandy se sorprendió un poco por todas esas preguntas sintiendo que no podía esconder el hecho que ella no había sido tan honesta acerca de los pagos y sólo respondía lo que le había preguntado, — Primero, tuve que aprender todas las políticas de tener un paciente ahí. La recepcionista fue muy eficiente y contestó todas mis preguntas. Cuidarán de papá todos los días por un año porque ese es el plan que escogí. Y acerca del costo, usé mi tarjeta de crédito para pagar la cuenta pero viene con una cosa muy loca, amor. —

— ¿Qué es esa cosa loca, Sandra? — contestaba Ryan como si él hubiera sido el que tenía que pagar esa cuenta y sólo cruzó sus brazos mientras cambiaba su sonrisa por una línea dibujada en sus labios.

Sandy repentinamente sintió como si la iba a regañar por haber hecho algo malo mientras abría más sus ojos y contestó a esa pregunta sin restricción alguna, — ¡Voy a necesitar otro trabajo, pero sólo medio turno para pagar la cuenta! —

— ¿Pero por qué tienes que pagarla tú completamente? ¿Tus hermanos no te ayudarán con algo? ¡Eso es lo que ganas cuando tu ego no te deja hablarles y pedirles ayuda! Apenas y nos vemos, ¿y ahora estás planeando trabajar más horas? ¿Por qué no hablaste conmigo primero antes de tomar una decisión? ¿Vives sola en este mundo? — gritaba Ryan tratando de hacerle entender ese punto que estaba claro en su mente pero no en la de ella mientras ponía sus manos en ambos lados de la cintura y se quedaba así esperando una respuesta.

Sandy no pudo aguantar su actitud y dejó caer algunas lágrimas de la impotencia que su pecho estaba generando, ya que no sabía porque Ryan se había enojado por tal situación que no era suya pero claramente se sentía con derecho de opinar, — ¿Perdón? ¡No recuerdo haberte pedido permiso o dinero para hacer lo que pienso es correcto para mi padre! No sé si te enojaste porque lo hice o porque lo hice sin pedirte permiso, ¿pero adivina qué? Él es mi padre y vale la pena. Además, si mis hermanos no quieren cooperar, no significa que lo dejaré solo en su casa sin Nate o su esposa atendiendo sus necesidades. He tomado la mejor solución debido a que no puedo cuidarlo durante las mañanas, ¡y no me importa trabajar horas extras para tenerlo muy bien cuidado! —

— Sí, ¿pero por qué diablos no me dijiste acerca de todo el tiempo que no pasaremos juntos? Tal vez no quieres verlo a mi manera pero estoy envuelto en todas las decisiones que tú tomas porque se supone que eres mi prometida y desde que estamos planeando casarnos nuestras vidas están entrelazadas, así que lo que hagas me afecta y lo que yo hago te afecta. Entonces, ¿quieres seguir así sin escuchar mi opinión primero? — decía Ryan mientras perdía más el control y subía el volumen de su voz como si lo excluyera de su vida.

— ¡Por supuesto que estamos comprometidos pero eso no significa que deje de cuidar a mi padre, principalmente ahora que tiene que pasar por un tiempo muy duro después de las cirugías y de la quimioterapia! El ser una pareja significa estar juntos en lo bueno y lo malo, ¡y ahora que más te necesito sientes que te hago a un lado sólo porque quiero que papá esté en buenas manos! No entiendo porque esto te enoja hasta el punto que tienes que gritar pidiendo el tiempo que le estoy quitando a mi vida, ¡y tú prefieres verlo de forma egoísta preguntándome por el tiempo que no vamos a estar juntos! No puedo ni siquiera creer que estés haciendo esas preguntas, y en este momento no necesito un regaño; lo que necesito es a mi prometido que muestre algo de respeto por mis decisiones y que me apoye pero no con dinero si no con apoyo moral. Tú sabes que ha sido un mes muy difícil para mí, ¡y todo lo que quieres saber es como o cuando vamos a estar solos dejando fuera de la ecuación a mi padre! ¡Eso no es justo en lo absoluto! — dijo ella con lo que traía en su corazón e inmediatamente comenzó a llorar desconsoladamente.

Ryan no tenía ganas de lidiar con esa situación, ya que lo había hecho a un lado su prometida así que le dijo lo que se le vino a la mente mientras tomaba su billetera y sus llaves de la mesita de centro, — ¡No creo que estés pensando en los dos, y solo lo haces por ti! Puedes hacer lo que quieras pero creo que debes hacerlo sola; mi presencia para ti es nula y estoy harto de estar fuera de tu vida, ¡y más ahora que estás a punto de trabajar como loca solo porque tu familia no se hace responsable! —

— Si te quieres ir, no soy quien para detenerte pero entiende esto: ¡nunca te he puesto en una situación en la que tengas que escoger entre un padre y yo! Puedes estar seguro si vas a seguir con esa actitud, ¡no creo que hayamos tomado la mejor decisión! — dijo Sandy con toda la tristeza esparcida en cada palabra que no la dejaba hablar con fluidez pasando sus mangas más de una vez sobre su cara para limpiar todas sus lágrimas.

Ryan dijo con una sonrisa sarcástica en su cara decidido a hacerse entender claramente que no iba a estar con ella si insistía en tomar las decisiones sin consultarlas con él primero mientras le mostraba su palma derecha, — Creo que nunca fui tu prioridad y creo que es mejor que nos separemos. ¡Ya no quiero casarme contigo! ¡Me duele mucho saber que no piensas en mi cuando tomas decisiones así de importantes que obviamente nos involucran a los dos! ¿Me podrías devolver el anillo? ¡Me costó una fortuna y lo puedo regresar! —

Sandy abrió sus ojos tanto como pudo, se quitó el anillo y lo dejó en su palma mientras se iba del apartamento sin mirar atrás dejándola con su corazón roto en millones de pedazos.

Ese no era el resultado que ella esperaba de ese día pero se sintió aliviada porque no deseaba darle explicaciones a una persona que no compartía su misma idea de cuidar a sus seres queridos.

CAPÍTULO 10
ENCONTRAR A TU ALMA GEMELA ES COMO SI GANARAS LA LOTERÍA.

"*¡Nunca me he sentido así de cansado! Todo mi cuerpo se mueve pero no recuerdo salir de la casa de mi paciente y ahora estoy caminando por la calle a las 9:30 sin haber comido, ¡y mi estómago gruñendo tan fuerte como un león!*" pensaba Arthur al mismo tiempo que caminaba como si tuviera problemas al poner un pie delante del otro con su cabeza colgando y viendo a la banqueta de la misma manera como leería un libro, "*¡Pero creo que mamá se está poniendo mejor! Al menos eso fue lo que dijo el doctor esta tarde. Iré al hogar de asistencia para después ir a casa a dormir algunas horas. No me importa si esto sigue, ¡pero mi mamá estará en ese hogar todo el tiempo que sea necesario! Ella merece esta oportunidad como todos merecen una segunda de vivir, ¡además quiero que abrace a mi niño y espero que la llegue a conocer más en los años por venir!*"

Era muy fácil llegar a su departamento porque estaba relativamente cerca pero le tomó más tiempo de lo usual, ya que su cuerpo se cansaba cada vez más; había estado haciendo doble turno por un mes y ahora era más que obvio que le estaba afectando porque por más raro que pareciera, había estado perdiendo peso y los huesos de sus mejillas se notaban claramente. Su uniforme estaba muy flojo; parecía como si estuviera usando una talla más grande de la que necesitaba.

Con sus ojos sumidos, continuó el camino y su mente jugaba con él, ya que la última comida que había probado había sido el desayuno, "*¡No hay oportunidad de recuperarse de un cáncer así* *pero ella ha estado respondiendo al tratamiento! ¡Oh, Dios, sigue con ella y haz que mejore porque no sé qué haría sin ella! ¡Por eso me estoy matando con dos trabajos: para darle el mejor hogar de asistencia para que la cuiden docenas de enfermeras y doctores todo el día! Mi papá perdió la pelea contra la cirrosis porque nunca dejó de tomar; incluso cuando ya lo habían diagnosticado. Por eso no tuvo oportunidad pero mamá jamás ha fumado ni siquiera un cigarro, ¡no se merece una enfermedad como esta! Toma algunos años que me queden y dáselos a ella; ella merece estar feliz al menos al final de su vida y no estar sufriendo por meses sólo para terminar en una ataúd. ¡Por favor, sálvala y haré lo que tú quieras!"*

Arthur entraba al hogar de asistencia donde le permitían que visitara a su madre aunque no fueran horas de visita; como era enfermero, una enfermera podía tomar un descanso y las enfermeras tomaban eso como oportunidad para fumar un cigarro o tomar una siesta mientras él estaba ahí visitando a su mamá.

Ruth había perdido algunos kilos desde que había ingresado al hogar de asistencia; se veía diferente a lo que él recordaba de aquel día cuando estaba vestida elegantemente en su cumpleaños y ahora estaba casi en los huesos.

Llegó a su cuarto, se puso a lado de ella y acarició su cabeza sin cabello mientras algunas lágrimas dejaban sus ojos sin darse cuenta y susurró, — ¡Hola mamá! ¡Te ves mejor hoy! Parece que tu color usual está volviendo a tus mejillas. —

— ¡Tienes que ser fuerte y deshacerte de esta enfermedad con todas tus fuerzas! Siempre has comido bien y nunca has tenido vicios, ¡solamente tus telenovelas! — comenzaba a platicar con ella mientras se sentaba en la cama y tomaba sus manos pero verla así le rompía su corazón, ya que era una persona con mucha energía y verla sedada la mayor parte del tiempo no era una buena memoria de esos días, — El vientre de Christina ya está más grande, ¡y creo que vas a tener un bebé gigante como nieto! Necesitas subir algunos kilos de músculo para cargarlo por toda la casa porque va a estar muy pesado, mamá. ¡Extraño platicar contigo! —

No pudo contener las lágrimas y salieron como si un grifo se hubiera descompuesto pero lo hizo silenciosamente como murmurando su lamento al poner las manos en su boca; no pudo quedarse ahí. Se levantó, la besó en su frente y la vio usando la máscara de oxígeno presenciando como respiraba superficialmente.

Salió de su cuarto, se dirigió hacia la salida principal porque sentía que tenía dificultad para respirar y comenzó a jadear al momento que llegaba a la acera; algo le estaba ejerciendo presión en su pecho haciéndole difícil respirar.

Una vez en la banqueta, cayó de rodillas mientras comenzaba a desabotonarse la chaqueta jadeando mientras un chico que pasaba por ahí fue a ayudarlo y le preguntó, — ¿Está bien, señor? ¿Debería de llamar al 911? —

— ¡Estoy bien! Acabo de ver a mi mamá y está completamente diferente a hace dos meses y simplemente no pude digerirlo bien que digamos; ¡eso es todo! — dijo Arthur mientras trataba de recuperar el aliento y aquel chico lo ayudaba a que se levantara, — Gracias, amigo. ¡Esto nunca me había pasado pero estoy mejor ahora! —

En un abrir y cerrar de ojos llegó a su apartamento, tuvo ganas de compartir lo que le había pasado pero cambió de parecer al último segundo justo antes de abrir la puerta y dijo con una voz fingida, ya que no quería molestar a su esposa, — ¡Cariño, ya estoy en casa! ¿Cómo estuvo tu día? —

Echó un vistazo a la sala y vio un par de maletas preguntándose acerca de la situación al instante que Christina aparecía por la puerta de su cuarto contestando sin rodeos y sin un gramo de empatía, — Mi día ha sido igual en los últimos 60 días: ¡aparentemente no tengo esposo porque él se dedica solamente a su mamá! ¿Has visto que hora es? Son casi las 11 en punto y te fuiste a las 6 de la mañana. Déjame adivinar: fuiste a ver a tu mamá después de tu segundo trabajo, ¿y ni siquiera pensaste en llamarme? No he recibido mensajes de texto de ti desde la semana pasada, ¡parece como si tu celular no funcionara porque no lo has usado en todos estos días! Te he necesitado a mi lado pero quieres ser un súper héroe que hace todo el esfuerzo dejando de lado a todo el mundo siempre y cuando tu meta se cumpla. Pero ya estoy harta, no voy a pretender que tengo un esposo cuando claramente no; viviré con mis padres. Espero que recapacites y tomes una decisión, ¡ya que tienes más de un miembro en la familia que también necesitan tu atención. —

— ¿Por qué eres así? ¿Qué quieres que haga? ¿Debería dejarla sola en su apartamento sin alguien a su alrededor que revise si está respirando bien? ¿Qué pasa contigo? Cuando tu madre se enfermó y te quedaste más de 20 días con ella no dije palabra alguna porque sabía que te iba hacer sentir mejor; ¿pero ahora que mi mamá está enferma y decido hacer algo por ella está mal? Me siento completamente agotado por todo el trabajo que he estado realizando todos estos días, no he comido y lo menos que esperaba de ti era un poco de comprensión, ¡pero todo gira entorno a ti! ¿Por qué no puedes entender que mi mamá tiene cáncer y no es algo para discutir cuando se trata de la salud de alguien? ¡No te he tratado mal desde que hemos estado juntos pero ahora cuando más te necesito te has convertido en esta persona con deseo de toda mi atención sin pensar en mí y en mi madre! Estoy impactado por cómo has estado actuando, ¿pero sabes qué? ¡No estoy de humor como para callarme y dejar que te salgas con la tuya! — gritaba Arthur, ya que sentía que ella estaba siendo posesiva sin pensar en él mientras azotaba su mochila contra el piso como una respuesta a su comportamiento.

Ella seguía con una actitud arrogante poniendo sus manos alrededor de su vientre abultado y le decía mientras levantaba sus cejas, — ¡No te preocupes, no tienes que aguantarme más! Por mí, este matrimonio ha muerto y no tienes porque verme más. Te dije que voy a vivir con mis padres y ahora que acabas de decirme lo que piensas de mí, no tengo ganas de aguantarte, tampoco. Entonces, no vengas y te disculpes en un futuro porque mi niño y yo no te necesitamos más. ¡No serás bienvenido y sólo sabrás de mí a través de mi abogado para firmar los papeles de divorcio!—

Arthur estaba asombrado de lo rápido que su vida se había derrumbado, colocó sus manos detrás de su cabeza mientras sentía como su cuerpo se calentaba cada vez más empezando en sus piernas sintiendo como ese calor iba arrastrándose hasta que sentía como se enfurecía por tal actitud, — Todos estos años y cuando realmente te necesito, ¡me das la espalda! ¿Por qué no actuaste así desde antes? ¡Si hubiera sabido que eras así, no me hubiera casado contigo porque no tienes corazón! ¡Haz lo que quieras pero pelearé por la custodia de mi hijo! —

— ¿Sí? ¿Con que dinero? ¿No recuerdas que muy apenas puedes vivir teniendo dos trabajos para pagar el hospital de tu madre? No hagas amenazas que no puedas cumplir; además, ¿qué sentirá nuestro bebé al saber que tiene un papá enfermero? ¡Ni siquiera pudiste tomar el exámen para la escuela de medicina! ¡Por eso tomaste el único camino patético que tenías! — dejaba que salieran esas palabras con malicia mientras gritaba con los ojos llenos de odio.

Poco después, llegó un amigo de ella y le ayudo a cargar todos las maletas mientras Arthur estaba ahí parado inmóvil al lado de la puerta sintiendo que su vida tocaba fondo sin tener familiares que lo pudieran apoyar. Cerró la puerta, se sentó en el sillón, y encendió la TV para sentir que había alguien con él.

Se quedó dormido en menos de un minuto debido a que su cuerpo le pedía algunos minutos de buen descanso y eso bastó para detener el dolor de cabeza que sentía desde que empezó la pelea. No se despertó hasta que su alarma sonó para alistarse e ir a trabajar a la mañana siguiente.

CAPÍTULO 11

*ENCONTRAR UN HILO DE
ESPERANZA TE DÁ ALGO DE PAZ.*

¿Estás bien, chica? Te ves como si no hubieras dormido en días y no quiero alarmarte, ¡pero se ve que has bajado muchos kilos! ¿Cuál es tu secreto? — le preguntaba una cliente regular a Sandy mientras empacaba sus cosas, ya que se encontraba trabajando como cajera en una tienda de maquillaje.

Sandy se sintió un poco irritada por el comentario pero lo supo manejar al fingir una sonrisa y dijo una frase muy acorde para esa plática vacía mientras empacaba la bolsa de la clienta, — He estado ocupada últimamente y he tenido que arreglar ciertas cosas en casa pero estoy bien, gracias por preguntar. Estoy tratando de tener un estilo vegano y creo que me estoy desintoxicando por toda la comida chatarra que solía comer; ¡es por eso que he perdido algunos kilos rápidamente! —

La clienta siguió viéndola y agregó a las palabras previas mientras le daba algunos billetes a Sandy, — ¡Lo que sea, linda! Existe la idea de perder peso porque alguien está gordo o tiene sobrepeso pero tú no eres ninguno de esos casos y si fuera tu madre, te obligaría a comer más carbohidratos porque estás en puros huesos, ¡y eso no es bueno para ti! Yo sé que siempre te cuento historias tontas y chismes que estoy segura que sólo me escuchas porque es parte de tu trabajo pero ponle atención a mis palabras: pareces como si te hubiera golpeado una enfermedad horrible. Tú eres la única que me ha ayudado a encontrar las cosas que he necesitado; nunca me has volteado los ojos ni me has hecho caras a mis espaldas y eso es algo que hoy en día no se ve. Puedo ver en tus ojos que hay algo que te hace perder el sueño y mi única sugerencia es: cuídate, porque nuestro tesoro más preciado es nuestra salud y sin ella, todos los millones o todos los amigos que están a tu alrededor no te podrán ayudar cuando estés a un paso más cerca de la tumba. —

— ¡Gracias por el consejo, Señora Anderson! Pondré atención a sus consejos que me acaba de compartir, — contestó Sandy un poco sonrojada, ya que esa señora que era muy habladora poseía un corazón lleno de bondad.

Una vez que terminó su turno, se fue directo al hogar de asistencia para cuidar a su padre, ya había perdido la noción del tiempo y ni siquiera recordaba que día de la semana era. Se empezó a sentir algo deprimida, ya que no tenía con quien platicar o en quien apoyarse desde que su hermano había reaccionado muy mal al regaño que ella le dio por no contribuir con los pagos y abusar de su padre por estar viviendo en su casa sin pagar renta.

—*"No puedo sentir mis piernas y toda esta caminata está haciendo que me sienta más exhausta pero necesito ver la progresión de mi papá con todas sus quimios. Me pregunto qué estará haciendo Ryan en este momento: ¿Estará tan deprimido como yo o saldrá con sus amigos a los lugares que siempre quiso cuando estábamos juntos? ¿Sentirá mi ausencia tanto como yo la estoy sintiendo o seré innecesaria para él? ¿Me disculpo? ¿He estado mal en todas las decisiones que he tomado acerca de papá o estamos en frecuencias diferentes? ¡Lo extraño mucho que hasta quiero llorar cada día desde que peleamos y siento mi pecho lleno de este vacío que nunca se va! Espero que papá mejore pronto para vivir mi vida diferente porque realmente me estoy volviendo loca,"*— hablaba Sandy con ella misma en voz alta y algunos chicos que pasaban cerca de ella la miraban como si estuviera loca.

Cuando llegó al hogar de asistencia, la recibió el personal y fue al cuarto de su papá; él dormía pero ahora se le veía débil y sin cabello debido a las quimioterapias. Ella sólo se sentó en el sofá al lado de su cama, lo movió para estar tocando la mano derecha y subió las piernas en el sofá por que ya estaban hinchadas.

—¡Hola, papá! Voy a estar contigo por un rato y luego tengo que regresar a casa porque no he comido; sólo esa dona que Jenny me dio. Todo está de cabeza en mi vida y tú eres la única razón por la que aún estoy viva porque no tengo a nadie que me ayude, ¡y esta es la primera vez que me he sentido totalmente sola en toda mi vida! Mis hermanos y hermanas no se aparecen, ni siquiera han venido a visitarte, ¡ni siquiera Nate! No quiero arruinar tu día pero me he sentido solita por más de dos meses, ¡y creo me quedaré así por un tiempo más! Ryan ni siquiera me ha mandado mensajes de texto y lo entiendo; bueno, yo creo. ¡Por favor, regresa conmigo y vamos a divertirnos! He estado trabajando como nunca y no tengo tiempo para mí; todos los días tengo que trabajar tantas horas como puedo, ¡y estoy comenzando a tener ganas de estar todo el día en la cama y solo dormir! ¡Realmente necesito un abrazo tuyo en este momento, papi! Doy mi vida por ti, eso es seguro pero lo único que pido de ti es que pelees con todo lo que tienes y te deshagas de esta enfermedad porque te necesito y te prometo que viviremos juntos y jamás dejaré que te enfermes otra vez. ¡Por favor, regresa a casa, papi! — decía Sandy mientras mantenía sus ojos cerrados dejando que una cascada de lágrimas bañara sus mejillas por algunos minutos hasta que se quedó profundamente dormida y se perdió en su sueño.

Mientras dormía profundamente, repentinamente sintió como acariciaban su mano, así que despertó un poco asustada sintiéndose apenada porque una enfermera estaba en el cuarto y se despedía de su padre mientras él volteaba su cabeza para hablarle, — ¿Cómo estuvo tu sueño, nena? No tienes por qué estar aquí todos los días, necesitas descansar en casa; ¡por eso estas pagando mucho dinero por este lugar, nena! ¡Estoy mejorando pero te ves como si la que estuviera enferma fueras tú! Mírate: las mejillas y los ojos sumidos, muchos kilos menos y no quiero hablarte de la falta de maquillaje que hace que te veas más vieja y enferma. Estoy realmente preocupado por ti, Sandy. ¡Por favor, ve a casa, descansa un poco y una vez que te sientas con más energía ven y visítame pero no cuando estés así de devastada como lo estás ahorita mismo! ¡No quiero que te enfermes porque imagínate no tenemos a alguien que cuide de ambos! —

— ¡Esta bien, papi! Me iré pero con una sola condición: ¡recupérate pronto! — contestaba al ponerse de pie, arreglando su cola de caballo y tocaba su cara mientras se miraba en el espejo escuchando lo que su padre le había dicho.

—Vendré mañana y no te dejaré aquí solo; ¡por favor, no me pidas que descanse cuando tú estás aquí todo solito! — comentaba Sandy mientras tomaba la mano de su padre percatándose que él había cambiado de apariencia, también. — ¡Quiero verte con tus cejas espesas y bigote de ranchero una vez más, papi! ¡Prométeme que te aliviarás, por favor! —

— No depende de mí, preciosa. ¡Si Dios piensa que mi tiempo terminó, dejaré que decida lo que es mejor para mí! — dijo mientras la besaba en la mejilla al momento que ella se agachaba para darle un fuerte abrazo y agitaba su mano derecha regalándole una gran sonrisa con una chispa en sus ojos.

Sandy se fue, no se había dado cuenta que era demasiado tarde, así que aceleró su paso y cuando llegó a su apartamento encontró una calcomanía de notificación de desalojo debido a la falta de pago pero sólo la arrancó comenzando a llorar mientras buscaba en su bolso las llaves; fue directamente al refrigerador y así como lo abrió, se dio cuenta que había solamente un bote de leche que ya había caducado para después abrir la nevera encontrando una comida congelada de microondas para una persona y sintió que era un milagro porque no recordaba que la tenía.

La colocó en el horno y la programó para que se descongelara pero en ese momento sintió como sus rodillas se debilitaban comenzando a llorar y diciendo, *"¿Por qué me está pasando esto a mí? ¿He sido mala persona? Sabes que soy una buena persona pero todo esto ha hecho que pierda mis ganas de vivir; papá es lo único que me motiva a dar lo mejor de mí cada día pero no tengo amigos, ¡ya que todos tienen sus propios problemas! No tengo familia a quien recurrir, ¡ya que todos decidieron apartarse y no ayudarnos para el hogar de asistencia! Mi prometido pensó que no le ponía atención y decidió de-*

jarme, ¡y ni siquiera me ha llamado para ver como estoy y no ha contestado mis mensajes! ¿Estoy siendo egoísta o estoy haciendo lo correcto? ¡Por favor, mándame una señal porque realmente ya no sé qué hacer! Y encima de todo, ¡estoy a punto de ser desalojada de mi apartamento porque no he pagado dos meses de renta! ¡No sé más que hacer, Dios, por favor ayúdame a encontrar una solución porque sinceramente estoy a punto de terminar con mi vida! No quiero que soluciones todos mis problemas pero al menos ayúdame a encontrar un lugar donde pueda quedarme y me las arreglaré con lo demás."

La interrumpió el bip del microondas notificándole que su cena estaba lista; tomó el plato sin levantarse y comenzó a comer con sus manos, ya que moría de hambre y no tenía ganas de lavar una cuchara o tenedor. Comía mientras lloraba y recordó que tenía una botella de vino cerca de ella; abrió la puerta de la alacena y se las arregló para destaparla con sus dientes para tomar directamente de la botella.

Se levantó, fue al sofá llorando, sollozando, bebiendo y revisando todas las posibilidades que tenía que considerar ya que quería mantener a su padre en el hogar de asistencia; miró a la cocina y vio el cuchillo más filoso que tenía y por un momento tuvo la tentación de usarlo. Cortar sus muñecas era la única manera de detener el sufrimiento y ponerle un alto a toda la mala suerte de su vida.

Fue a tomar el cuchillo, mientras arrojaba la botella a la pared rompiéndose en miles de fragmentos y una vez que lo tuvo en sus manos acomodó la parte más filosa en su muñeca izquierda y cuando estaba a punto de hacerlo se quedó paralizada gritando muy fuerte mientras caía al piso quedándose ahí hasta desmayarse por todo lo que había llorado y el vino que había tomado.

Fue el único momento de paz que había tenido en tantos meses.

CAPÍTULO 12
SIEMPRE HAY UNA PEQUEÑA LUZ AL FINAL DEL TÚNEL.

¿Le gustaría tomar algo, Señor Dunham? ¡No ha bebido sus electrolitos en toda la tarde! — le mostraba Arthur a su paciente una botella y la movía como si estuviera tratando de convencerlo que la bebiera en su totalidad, — Usted acordó seguir mis consejos para que pueda aliviarse para la boda de su nieto; ¡si decide dejar de escucharme, entonces mejor me despide porque su recuperación no va a llegar! ¿Qué dice? ¡Tome pequeños sorbos! —

El Señor Dunham, un viejo hombre de negocios, lo contrató después de haber pasado por una complicada cirugía de garganta creyendo que Arthur iba a lograr que se recuperara y respondiendo a lo que le había dicho casi murmurando sin forzar su voz pero sonriendo de oreja a oreja, — ¡Por supuesto, haré lo que sea que me digas! ¡Deseo aliviarme e ir a la boda de David! ¡Es solo que no me gusta ese sabor! —

Arthur cambió la botella por otra de un sabor diferente, la dejó sobre la mesa de noche que su paciente tenía a su lado y le decía devolviéndole la sonrisa, — Bueno, Señor Dunham. Creo que me voy para cuidar un poco de mamá. ¿Hay algo más en lo que le pueda ayudar? —

— No, tengo todo cubierto. Creo que voy a ver una película, ¡y después voy a dormir mucho porque no he llegado a mi cuota! — contestaba el Señor Dunham tomando su mano y sacudiéndola porque se sentía bien cuidado, — Eres un buen muchacho. ¡Ve y cuida de tu madre mientras digo una oración por ella y por ti, también, chico! —

Arthur solamente pudo curvear un poco sus labios para tratar de ocultar su repentino sentimiento que emergía después de escuchar esas palabras y dijo, — Gracias por la plegaria, y gracias por darme este trabajo porque sin él no podría pagar el hogar de asistencia. ¡Estoy en total deuda con usted y su familia! —

— ¡Desde luego que estás en deuda conmigo, chico! ¡Me tienes que ayudar a recuperarme para ir a esa boda! — decía su paciente mientras fingía que estaba enojado, — ¡Ese es tu único trabajo de aquí hasta ese día en tres meses! —

Arthur asintió al mismo tiempo que sus ojos se llenaban de lágrimas; estaba en un momento muy doloroso de su vida, ya que su mamá se había puesto mal y el pronóstico no lucía prometedor porque ese tipo de cáncer era aún más agresivo que los demás.

Todos lo conocían en el hogar de asistencia ya que pasaba casi todos los días cuidando a su madre por lo menos algunas horas y cada vez que entraba a su cuarto, su dureza parecía desaparecer a cada segundo que pasaba al verla más delgada que antes y sin cabello en su cabeza haciendo la escena aún más desgarradora.

— ¡Ya estoy aquí, mami! — decía Arthur mientras tomaba su mano derecha entre las suyas y la besaba como signo de todo el amor que le tenía, — Creo que no deseas ver tu telenovela porque estas durmiendo, ¿cierto? —

Se sentó a su lado, sacó un rosario que le pertenecía a ella y comenzó a rezar al mismo tiempo que cerraba sus ojos e inclinaba su cabeza, — Amado Dios: ¡no sé cuánto tiempo más podremos aguantar todas estas situaciones pero no nos quites tu bendición! Estoy a casi nada de la bancarrota y si eso sucediera, nadie tendría los recursos para que mamá estuviera aquí haciendo que todo por lo que hemos trabajado se vaya por el caño y mami tendrá que estar sola en casa pero eso está fuera de las opciones. ¡Por favor, ayúdame a encontrar una manera de pagar todo y así, seguir apoyándola con su recuperación! —

De pronto, su mamá tuvo dificultades para respirar bien comenzando a respirar como si tuviera asma al mismo tiempo que se quitaba la máscara de oxígeno y su piel se tornaba azul haciendo que él gritara al momento que la maquina emitía su sonido de alarma, — ¡Necesito a un doctor aquí! No puede respirar; ¡probablemente tendrá que ser asistida para que el oxígeno entre a su organismo! —

Un escuadrón de doctores y enfermeras entraban al cuarto aplicando el protocolo para dicha situación, sacándola del cuarto y llevándola a un área especializada; los dejó hacer su trabajo mientras se hacía a un lado solo presenciando como la piel de su madre se volvía azulada y comenzaba a pensar en el peor escenario. Sus esperanzas se desplomaban mientras su corazón y alma se sentían desmoronar; pensó que no iba a ser necesario seguir viviendo de esa manera.

Esperó en el cuarto de su madre teniendo unos pensamientos, el rosario aún colgaba de su mano derecha, *"Dios: ¡No te la lleves de mi lado! ¡Llévame a mí pero no le dejes morir hoy, por favor! Vamos a hacer un trato y déjame estar con mi hijo 15 años y después de ese día, ¡llévame contigo pero dale la oportunidad de ver a mi bebé! ¡Prometo que haré lo que me digas pero aléjala de cualquier mal! ¿Por qué tenemos que sufrir de esta manera cuando hay gente mala en el mundo y ellos no están teniendo estas dificultades? ¡Mamá ha sido buena con los extraños y con su familia! ¡Ha trabajado sin cobrar en el centro de apoyo! Ha cocinado para ellos casi todos los domingos, va a la iglesia y pregona tu palabra en los alrededores de nuestro vecindario, ¿y es así como la recompensas? ¿Es esta la manera que tratas a la gente buena? ¡Maldición! ¡Nadie nos está ayudando y para poner las cosas aún peor no puedo pagar la renta! No creo que sea justo. He perdido a mi esposa y posiblemente no veré a mi hijo porque supuestamente preferí ayudar a mi mamá en esta miseria, ¡y ahora casi muere! No siento ganas de seguir hablando contigo nunca más porque tienes un sentido retorcido de tratar a la gente buena. ¡Adiós!"*

Tan pronto como terminó la conversación con Dios, una

enfermera entró y le dijo al mismo tiempo que se quitaba su máscara quirúrgica y guantes, — Va a tener que usar el ventilador para mantenerla respirando; no quiero sonar como una de esas personas, pero espero que tengan sus asuntos en orden porque no sabemos por cuanto más tiempo ella pueda seguir resistiendo. Lo siento pero está estable por el momento. Tendrá que estar en la unidad de cuidados intensivos de ahora en adelante. —

Arthur sentía como el calor se desprendía de su cuerpo, mantenía su boca abierta viendo como la enfermera partía sin siquiera pestañear volteando hacia el cielo y dijo, *"¿Ves? No estoy equivocado al pensar que solo juegas con nuestras vidas para tu entretenimiento personal. ¡Espero que disfrutes tu telenovela!"*

Después de lidiar con todas las cosas que habían sucedió en el hogar de asistencia, se fue a su casa y se encontró con el rentero que le dijo tímidamente, ya que tenía conocimiento de lo que estaba viviendo mientras le tocaba el hombro, — ¡Lo siento, hombre! Pero el dueño me pidió que te recordara acerca de la renta y si no puedes pagarla, ¡puedes vivir conmigo mientas encuentras un lugar donde vivir! —

Arthur lo abrazó y dijo sin mirarlo al mismo tiempo que seguía caminando para llegar a su departamento, — Gracias, hombre. ¡Eres una muy buena persona! Tendré la renta en una semana, ¡y nunca olvidaré lo que estás haciendo por mí, Tom! —

Se sentó en el sillón de su sala, fijó sus ojos en una fotografía que tenía con su mamá bailando en su boda y comenzaba a hablar consigo mismo, *"¡No hubiera bailado en mi propia boda si no me hubieras enseñado a hacerlo, mami! Recuerdo que tenía como 6 años aproximadamente y estaba esa canción en la radio y comenzaste a bailar mientras preparabas la comida; ¡tomaste mis manos y comenzaste a moverme alrededor al mismo tiempo que me dejabas poner mis pies sobre los tuyos para movernos al mismo ritmo! Recuerdo que bailamos por un buen rato y dejamos de hacerlo solo porque necesitábamos comer. ¡No puedo acordarme de un solo error tuyo y no quiero pensar que estas a punto de partir dejándome solo en este mundo cruel! ¡No tengo a nadie, solo a ti, mami! Sin familia, mi esposa partió junto con mi hijo, ¿Y ahora sin ti? ¡No creo que pueda tolerar todo esto un día más!"*

Comenzó a llorar con fuerzas y sintió la repentina desesperación de un abrazo; no sabía que significaba eso pero claramente tocaba todas sus fibras porque su mente se inundaba por el sentimiento inminente de perder a su madre pronto.

Se sintió ansioso y lleno de nostalgia y comenzó a respirar muy rápido lanzando la caja de cereal a la televisión; lloró hasta que perdió el sentido y se quedó dormido.

Soñaba con terminar su vida de una sobredosis para acabar con esos días difíciles pero cuando despertó la mañana siguiente se sintió avergonzado por soñar eso. Necesitaba hacer lo que fuera para ayudar a su madre y renunciar a su vida no era una opción.

CAPÍTULO 13

LA ESPERANZA ES LO ÚLTIMO
QUE MUERE.

¡Necesitamos ayuda aquí! ¡Papá tiene dolor en su estómago!— gritaba desesperadamente Sandy al salir del cuarto de su padre porque presenció cómo comenzaba a gemir debido al dolor punzante que estaba sintiendo en su abdomen, — ¡Por favor, ayúdennos!—

El equipo de rescate no tardó en aparecer, comenzaron a revisar a su padre y a administrarle analgésicos, lo sacaron del cuarto para hacerle unos análisis; ella tenía sus manos cubriendo su boca al mismo tiempo que dejaba salir un par de lágrimas.

Una enfermera se acercó y dijo gentilmente tratando de aliviar su angustia mientras le daba una servilleta para limpiar esas lágrimas, — ¡No te preocupes! Tu papá ha sido un excelente paciente y ha probado ser lo suficientemente fuerte para ganar esta batalla. Por favor, espéralo en su cuarto, y tan pronto como me entere algo te lo haré saber. —

—Gracias, cariño. ¡Es solo que ha sido muy duro tolerar esto sola y algunas veces pienso que no voy a tener las fuerzas para subir al ring para un round más porque estoy completamente fatigada!— dijo Sandy aquellas palabras, ya que necesitaba sacarlas de su pecho regalándole una sonrisa honesta por escucharla y se metió al cuarto.

Sandy sintió que era suficiente y entró en pánico hasta el punto de hablar consigo misma para asegurarse que todo iba a estar bien, *"Sandy: ¡Relájate! Esta es solo una pequeña adversidad por-*

que hoy fue una de sus quimioterapias; quizá se sintió débil y eso lo hizo sentir el dolor donde su tumor estaba, ¡es todo! Escuchaste a la enfermera: ¡Ha sido un maravilloso paciente y es lo suficientemente fuerte para ganar esta pelea! Ella lo ha visto por todo este tiempo que ha estado aquí y ella conoce mejor como ha respondido a su tratamiento y debería escucharla debido a su experiencia en estas cosas. ¡Ahora, ve por una café y así mantenerte despierta mientras él regresa!"

Ella fue al lobby donde había una máquina de café y sacó unas monedas de su bolsillo derecho y las metió en la máquina; batalló por un rato para que no las regresara pero finalmente lo logró.

Al lado, había una máquina de bocadillos y vio unas donas así que decidió comprarlas, ya que no había comido y esa sería la única comida del día pero la máquina no registró el dinero que había insertado haciéndola sentirse frustrada y comenzó a golpear a la máquina con todas sus fuerzas mientras gritaba, — ¡Maldita máquina! ¡Devuélveme mi jodido dinero! ¡Es el último dólar que tengo, hijo de perra! —

Empezó a llorar pateando a la máquina haciendo la escena aún más triste, ya que todos sabían por lo que estaba pasando pero un chico que usaba el típico uniforme clínico se aproximó y puso su mano en su hombro izquierdo y le dijo, — ¡Espera un segundo! Tiene un truco para que te dé lo que deseas. ¡Necesitamos golpearla en un lado y las monedas entraran! ¿Qué quieres comprar, chica? No te frustres por una máquina vieja cuando estoy aquí para ayudarte, ¿ok? ¡Seca esas lágrimas y cálmate! —

Sandy quedó impactada porque no se imaginó que alguien la viera haciendo una escena pero aquel chico le iba a ayudar a obtener su deseada comida que necesitaba en ese preciso momento.

— ¡Quiero esas donas, por favor!— dijo sonrojándose y sintiéndose como la reina del drama por actuar como una niña chiflada cuando golpeaba a la máquina que se encontraba en el lobby, lugar donde casi todo el equipo de trabajo solía reunirse.

De pronto, la máquina comenzó a hacer ruido y las donas

cayeron y él se agachó para tomarlas y dárselas a Sandy mientras le sonreía tratando de hacerla sentir mejor al tener las donas en sus manos, —¡Aquí las tienes! No hay necesidad de enojarse, chica. ¡Por cierto, mi nombre es Arthur! —

— ¡Eres un caballero, Arthur! Soy Sandy; perdona por hacer una escena pero literalmente solo tenía ese dólar y no he comido en todo el día. Estoy hambrienta, además mi papá sintió algo de dolor y no ha regresado de donde sea que lleven a los pacientes, — explicaba ella la situación al mismo tiempo que se limpiaba los ojos y tomaba las donas, — Esto no está mejorando y para acabar con la mal racha, en menos de una semana voy a estar sin casa y no he encontrado un lugar que pueda pagar, ¡así que imagina como reacciono a la chispa más pequeña en estos días!—

Arthur permanecía con su sonrisa firme al momento que escuchaba con toda atención a cada palabra que ella decía mientras abría sus ojos y boca mientras decía, — ¡No te creo! ¡Estoy rentando una recámara a seis calles de aquí y de esa manera no necesitas transporte! Mi mamá es paciente aquí, también, y estoy batallando para pagar la renta solo; ¿estás interesada? ¡Podríamos dividir la renta y estoy seguro que va a ser menos de lo que ya pagabas porque mi renta es baja!—

— ¿Estás bromeando? ¡Me encantaría! ¿Y está a seis calles de aquí? ¡Sería genial porque necesito tomar un viaje de 40 minutos en el metro y caminar 5 calles para llegar a casa! Pásame tu número de teléfono y dirección para que pueda pensarlo y te respondo mañana temprano, ¿te parece? — sintió Sandy una repentina ráfaga de emoción dado que era algo que no había sentido durante los últimos meses así que sonrió en todo su esplendor mientras sacaba el teléfono de su bolso y lo desbloqueaba para guardar el número que le dictaría.

Arthur experimentaba también algo que no había sentido últimamente y era un tipo de esperanza porque estaba en la situación que ella había dicho y dijo mientras tomaba su teléfono, — ¡Es mejor si lo marco porque es la única manera en que lo puedo recordar! Espero que no te moleste. —

— Para nada, y si la oferta suena bien, ¡te daré una respuesta mañana mismo! Me has salvado dos veces este día, Arthur. ¡Eres un ángel!— tomó su teléfono y comenzó a añadirlo a sus contactos con esa sonrisa que parecía que no se iba a borrar por un tiempo.

Arthur estaba feliz hasta el punto de pensar que eso no era coincidencia, ya que había tenido una corazonada de llegar más temprano y al momento que estaba llegando al lobby presenció el evento que lo llevó a conocerla de una manera por demás extraña; ella estaba sintiendo un tipo de energía que no había sentido por algunos meses y ahora estaba feliz porque el problema de ser indigente estaba a punto de tener arreglo.

—No soy un ángel, Sandy. Solo soy un hijo que desea lo mejor para su mamá que tiene cáncer y tenerla aquí está haciendo que tenga dos trabajos solo para pagar el mejor lugar, ¡y de esa manera ella pueda estar en las manos correctas! ¡Nuestros caminos apenas se han cruzado y si te puedo ayudar con eso, estarás ayudándome a mí, también! Entonces, espero que podamos ayudarnos mutuamente si no, ¡vamos a ser indigentes!— sonrió Arthur al momento que tomaba su paquete de donas y lo abrió por ella, — ¡Por favor, toma tu cena! No has comido y tu café se está enfriando. —

Sandy tomó una dona y la mordió sin dejar de verlo porque había algo que la hacía sentir que estaba pasando por los mismo obstáculos que ella y pensaba sin cesar del cuarto en renta; finalmente veía una pequeña luz al final del túnel y era lo mejor que había vivido en meses.

Mientras probaba su café, la enfermera llegó y dijo mientras le tocaba su hombro, —Tu papá está estable. ¡Solo necesitaba una dosis diferente de analgésicos pero no hay nada de qué preocuparse por ahora!—

—¡Oh, excelentes noticias! Gracias, amiga. ¡Eres la mejor!— no podía creer Sandy lo que estaba escuchando y sintió como si volviera a tener ganas de vivir después de haber tenido momentos muy malos últimamente.

Arthur puso su mano izquierda en su cabeza y le dijo mientras veía sus hermosos ojos, —¿Ves? ¡La esperanza es lo último que muere! ¡Tu papá esta mejor, acabas de encontrar a tu compañero de hogar, y tienes tus donas para la cena!—

Ambos rieron un poco debido al comentario pero no podían creer que parte de sus vidas se estaba enderezando.

Sandy se le acercó y lo abrazó por ser su salvador y dijo mientras lo hacía sentir que su abrazo era sincero, —Gracias por salvarme, Arthur. ¡No perdí mi dinero, tengo algo que cenar y aparentemente no viviré debajo de un puente! Puedes estar seguro que te llamaré mañana a primera hora tan pronto como sepa el precio, te diré lo que pienso. Y no te preocupes, soy muy limpia y se cocinar, ¡así quede perdido no moriremos de hambre!—

—Yo soy un enfermero, ¡así que estaremos sanos para seguir cuidando de nuestros padres por todo el tiempo que nos necesiten!— dijo Arthur al mismo tiempo que ponía unas monedas a la máquina para comprar algo, también, —Voy a comprar unas donas, también, porque no he comido desde el desayuno y siento mi estómago vacío. ¡Esperare ansioso tu respuesta, compañera!—

Para ambos, fue un día totalmente diferente a los demás ya que habían renovado sus esperanzas debido a un evento inesperado.

CAPÍTULO 14

EL EGO MATA TODA OPORTUNIDAD DE ENCONTRAR A TU MEDIA NARANJA.

Sandy escuchó la alarma de su teléfono indicándole que había recibido un texto, apresurándose a tomarlo; una vez que lo leyó, sus hermosos rasgos faciales parecía haber vuelto a la vida, saltaba y gritaba de una felicidad que comenzaba a inundar todo su cuerpo. Realizando su típico baile de la victoria, que consistía en bailar siguiendo el ritmo de la música electrónica mientras sentía una recarga de alegría.

Sandy pensaba lo bendecida que era, *"¡Soy una persona suertuda desde que he encontrado a mi ángel de la guarda justo en el momento que hacía un berrinche! ¡Todo el personal solamente se me quedó viendo cuando pateaba a la máquina pero Art me ayudó y resultó que va a ser mi compañero de casa! No puedo creer que me voy a mudar a ese lugar; pensaba que viviría en la calle ¡Gracias Dios, por mandarme esta oportunidad de seguir apoyando a mi papá! Sé que he estado perdiendo mi fe y las ganas de vivir en los últimos días pero esto me da una segunda oportunidad para dar mi mejor esfuerzo y como está cerca del hogar de asistencia, ¡puedo estar más tiempo con mi papi! Está cerca de la escuela y mi segundo trabajo, ¿qué más puedo pedir? Prometo que daré mi máximo por mi padre y por mí, porque si enfermo no podré pagar mis tarjetas de crédito, ¡y eso será un problema!"*

Un poco más tranquila, tomó su teléfono de nuevo y realizo una llamada, — Hola, ¿Arthur? ¡Si, acepto la oferta, compañero! Deja preparo mis cosas y un amigo me ayudará a llevarlas.

¡Nos vemos en una hora! —

— ¡Toma tu tiempo, Sandy! Estaré esperándote para ayudarte a cargar tus cosas, — contestaba Arthur con un alivio que permeaba su sistema al mismo tiempo que tenía una sensación de quitarse un peso de encima haciéndolo sonreír y fue tanto que comenzó a derramar lágrimas de felicidad, no sin antes despedirse primero, — Mándame un mensaje cuando estés a punto de llegar para poder estar abajo a tiempo. ¡Nos vemos, chica! —

"¡Gracias Dios, aceptó la oferta y ahora puedo pagar la renta y no tendré que conseguir un tercer empleo! ¡Gracias por mandarme una señal que llegara temprano ese día al hogar de asistencia, porque si eso no hubiera sucedido, no tendría una compañera de casa ahora! Y eso habría sido un problema. ¡Ahora, tengo suficiente dinero para comer, bueno al menos dos veces al día y no solo comida rápida o chatarra!" pensaba Arthur mientras miraba al cielo y colocaba las manos juntas al mismo tiempo que soltaba un par de lágrimas de alegría al momento que sentía que respiraba mejor, más tranquilo y seguía agradeciéndole a Dios, *"¡Mi fe se ha disminuido últimamente! ¡Sé que me has mandado una señal para conocer a Sandy que por coincidencia necesitaba ayuda en su vida! ¡Espero que podamos pasar estos días oscuros porque necesitaremos toda nuestra fortaleza para seguir este camino de apoyar a nuestros padres! ¡No nos desampares, por favor, amén!"*

Se quedó en la sala limpiando y arreglando un poco el nuevo cuarto de su nueva compañera hasta que recibió el mensaje de Sandy diciéndole que estaba a punto de llegar a su departamento y fue rápido hacia abajo para ayudar a cargar sus cosas; su corazón palpitaba rápido porque necesitaba a un compañero y algo de compañía durante esos momentos duros.

— ¡Ya estoy aquí, compañero! — gritaba Sandy al mismo tiempo que bajaba de la camioneta de su amigo, abrazando a Arthur como si lo conociera desde hace mucho tiempo y agregó mientras irradiaba emoción, —¿Estás seguro que no te vas a arrepentir de vivir con una niña? ¡Porque una vez que ponga mis cosas en mi cuarto, no hay vuelta para atrás, amigo! ¡Vamos a ser compañeros por un buen tiempo! —

Arthur la abrazó también sintiendo esa sensación agradable de tener a una chica entre sus brazos y respondió mientras percibía el olor dulce de su cabello, — ¡No hay forma de que me arrepienta por tener dinero para comer, Sand! Sabes cómo está la economía cuando tienes a un miembro de tu familia enfermo en un hogar de asistencia. Bueno, ¿cuáles cosas debo llevar al departamento? —

Entre los tres llevaron sus maletas y electrónicos a su nuevo departamento y hablaron de cuán fácil iba a ser para ambos ahora que tenían un dinero extra para comer decentemente; John, el amigo de Sandy, notaba que había una vibra especial entre ellos pero no se sintió totalmente confiado como para decir palabra alguna.

Una vez que todo estaba en su cuarto, John pensó que era tiempo de irse dándoles su bendición a ambos mientras se detenía en la puerta al ir saliendo y les dijo, — ¡Espero que todo vaya mejor para ambos! Sandy, sabes que vivo cerca y tienes mi teléfono para lo que sea que necesites. Gusto en conocerte, Arthur. También tienes un amigo aquí; cuida de ella porque no ha comido bien, ¡ha perdido muchos kilos! Y por lo que se ve, tú también has perdido unos. ¡Por favor, cuídense! ¡Nos vemos después! —

— ¡No te preocupes, John! Él ha pasado por las mismas cosas que yo ahora que tenemos algo de dinero de sobra, ¡podremos comer mejor! Gracias por todo y gracias por apoyarme en estos días, ¡eres un verdadero amigo!— respondió Sandy al mismo tiempo que se dirigía a donde estaba su amigo, lo abrazó y besó en la mejilla mientras tomaba sus manos.

Arthur percibió honestidad en sus palabras y respondió con una sonrisa, — ¡El gusto fue mío, John! Sabes que los amigos de Sandy son mis amigos de ahora en adelante, ¡y te aseguro que vamos a cuidarnos ahora que estamos en mejores circunstancias! ¡Cuídate, mi amigo y nos vemos después! —

Cuando estuvieron solos, Arthur preguntaba a Sandy mientras le ofrecía sentarse en la sala y él lo hacía en otro sofá, — ¿Cómo es que has perdido muchos kilos, Sand? Por favor, cuéntame. ¡Soy todo oídos! —

Se sentó, volteó su rostro llena de vergüenza y dijo con sinceridad, — Todo comenzó cuando le diagnosticaron cáncer a papá; solía hacer mucho ejercicio: yoga, corría, gimnasio, cardio, spinning, aerobics, crossfit, lo que me digas. Siempre he amado hacer ejercicio y así fue como conocí a mi ex prometido. Cuando operaron a mi papá para extirparle algunos de los tumores de su estómago y comenzaba con la quimio, Ryan sentía que no le dedicaba suficiente tiempo haciéndolo decidir que no valía la pena y de esa manera rompimos. No completaba con mi salario de maestra de escuela primaria y por eso tuve que buscar un segundo empleo de medio tiempo para pagar el hogar de asistencia. No recuerdo cuantos meses llevo así, ¡pero parece una década! Solía pesar 56 kilogramos sin mucha grasa corporal; sin embargo, ahora peso 46 kilogramos sin tono muscular. ¡Ahora soy solo piel y huesos! —

Arthur se acercó, tomó sus manos y la miró fijamente a los ojos aunque ella solo veía sus pies; estaba a punto de llorar pero se aguantaba para evitar que ese momento lleno de alegría se volviera en uno triste.

— ¡Te entiendo, Sandy! Mi mamá enfermó también y mis hermanos se desentendieron del problema dejándome con toda la responsabilidad de cuidarla. Estaba casado; bueno, técnicamente aún sigo casado pero mi esposa decidió que pasaba mucho tiempo en dos trabajos y visitando a mi madre en el hogar de asistencia. Está embarazada de mi hijo pero dijo que estaba siendo egoísta por no pasar más tiempo con ella, así que tomó la decisión de que no era un buen ejemplo para mi hijo y no era el esposo que ella esperaba que fuera y me dijo que no quería saber de mí nunca más; ella empezará los trámites de nuestro divorcio y va a pelear por la custodia total ,— platicaba Arthur su historia mientras el gesto de su cara comenzaba a cambiar, también volteó hacia el suelo al mismo tiempo que su sonrisa reconfortante desaparecía debido al recuerdo de esa dolorosa escena de su vida.

Siendo el turno de ella de reconfortarlo, se fue a su lado y lo abrazó; el compartir sus experiencias los había hecho entender que no estaban solos. Ese abrazo duró un buen tiempo hasta que ambos comenzaron a sollozar.

—¡Debemos ser fuertes por nuestros padres! — dijo Arthur rompiendo el abrazo pero tomando sus manos y volviendo a sonreír, — Me tienes como tu mejor amigo ahora, y yo te tengo a ti; te voy a ayudar y me vas a ayudar. Esa va a ser la única manera en que podamos pasar estos días. Ahora, vamos a dejar de llorar, ¡y vamos a celebrar con nuestra primera comida como compañeros! ¿Tienes ganas de comer espagueti y albóndigas? —

Sandy sonrió y se inclinó para besarlo en la mejilla izquierda mientras respondía, — ¡Eso suena genial, compañero! Tú haces las albóndigas y yo hago el espagueti, ¿ok? ¡Tengo una receta que hará chuparte los dedos!—

— ¡Ok, vamos a la tienda! Está a dos calles de aquí y así puedas saber por dónde está, —dijo Arthur mientras ambos se ponían de pie y él la abrazó de nuevo con tanta ternura que ambos se mantuvieron así por un momento, ya había sido un considerable tiempo desde la última vez que habían experimentado esa maravillosa sensación de sentirse amados por una simple y sencilla acción.

Al momento de dejar el apartamento para dirigirse hacia la tienda, Arthur le dio sus propias llaves; ella solo sonrió y las puso en su bolso.

CAPÍTULO 15
NADA ES SEGURO, EXCEPTO
LA MUERTE.

¿Te gustaría un sándwich para comer cuando visites a tu mamá? Voy a preparar uno para mí porque quiero estar allí casi todo el día al lado de mi padre viendo una de sus películas favoritas y sé que me va a dar hambre cuando anochezca. ¡No me importa hacer dos en lugar de uno, Artie!— dijo Sandy solamente como protocolo, ya que sin esperar respuesta ya estaba preparando otro sándwich, untando mantequilla de maní en los panes.

Arthur sentía como si se hubiera sacado la lotería al tenerla como compañera de casa, ya que había resultado ser de mucho apoyo como amiga y se acercó lentamente a ella porque iba a servir algo de jugo de naranja en su termo besándola espontáneamente en la parte posterior de su cabeza al mismo tiempo que medio la abrazaba y dijo suavemente, —Voy a llenar tu recipiente de metal con jugo de naranja para que puedas beber algo saludable hoy; ¡no todo es café y donas, Sandy! No quiero que pierdas más peso, por eso compramos cosas nutritivas en la tienda porque me dijiste que solías comer de esa manera antes, así que vuelve a ese hábito saludable y me enseñas cada día. ¡Prométeme que comerás mejor, niña! ¡Promételo!—

Sandy se quedó atrapada por un momento y comenzó a pensar por un segundo, ya que se sentía protegida por Arthur al mismo tiempo que su mente trabajaba a la velocidad más rápida, *"¿Por qué Ryan nunca hizo esto por mí? No le pedía dinero, ¡solo nece-*

sitaba algo de apoyo para tolerar los días! Arthur ha sido muy amable conmigo y realmente me cuida como si fuera mi novio; ¡qué triste que su esposa no lo valorara porque es el hombre más dulce del mundo! Siempre está allí para mí y cuando necesito algo, él está allí tomándome de la mano aún en la situación más pequeña; desearía encontrar a alguien como él. No hay muchos chicos como él en el mundo. Estaré a su lado ahora que su mamá se ha puesto más enferma y ha estado exhausto por sus dos trabajos; ¡le voy a decir que hoy lavo su ropa yo!"

—¡Prometo que comeré saludable, mami! No, ya de verdad lo haré, Artie. Debemos mantenernos fuertes para cuando nuestros padres regresen a casa, nos vean en forma de nuevo y así no se preocupen por nosotros, ¡solo en su lenta recuperación!— respondió Sandy dándose cuenta que no había respondido rápidamente, por lo que fue un momento extraño.

Arthur se dio cuenta que había estado buscando cualquier excusa para poder abrazarla o besarla y comenzaba a preguntarse, *"No sé por qué era complicado entender que necesitaba apoyar a mi mamá en estos momentos difíciles pero Christina fue tan terca y egoísta, ¡ya que deseaba toda mi atención! No estoy diciendo que estaba equivocada, solo pienso que no es el tipo de persona que necesitaba en mi vida porque todo debía ser alrededor de ella y sus necesidades. Espero que encuentre a un hombre que llene sus necesidades, ¡y yo desearía encontrar a alguien como Sandy! Es tan dulce, hermosa, sensible, y me apoya en todo; ¡es el premio mayor en la lotería! Si Christina hubiera sido un poco más como Sandy, ¡hubiéramos sido la familia más feliz! Sandy ha estado apoyándome desde que mamá se puso más enferma e inclusive hasta me hace de comer porque sabe que no tengo tiempo libre del hospital a la casa del señor Dunham. ¡Es tan atenta! ¡Desearía haberla conocido en algún otro momento porque definitivamente la hubiera invitado a salir!"*

Arthur bebió su jugo dándole una mordida a su barra energética al momento que su teléfono comenzó a timbrar y vibrar en la mesa de centro sorprendiéndolo porque no esperaba llamada alguna puesto que era sábado por la tarde; dejó su bebida en la barra de desayuno. Sandy dejó de hacer esa curva en su boca mostrando algo de preocupación haciendo que la atmosfera se tornara tensa y cada paso que daba Arthur para llegar parecía una eternidad para tomar su teléfono.

Era un número local que no tenía registrado y presionó la pantalla para contestar, — Hola, soy Arthur, ¿quién es?—

— Siento molestarlo, señor O'Bryan pero le llamo del hogar de asistencia Santo Tomás. Lamento decirle que su madre comenzó a tener dificultades para respirar y solo se mantiene viva mientras el respirador siga conectado. Lo siento de nuevo; esperaremos hasta saber que decide. ¡Nuestras más sinceras condolencias, señor!— dijo la recepcionista del centro mientras Arthur solamente se dejó caer en el sofá sin decir palabra alguna, dejando caer su teléfono al suelo.

Sandy sabía de qué se trataba, ya que había visto su expresión facial e inmediatamente fue a su lado, lo abrazó al mismo instante que comenzaban las lágrimas a rodar por sus mejilla; ella no dijo más y dejó que su sentimiento saliera, ya que tenía una pequeña esperanza que mejoraría, tal vez no pronto, pero si en algún momento en el futuro.

Volteó lentamente a verla y dijo mientras las comisuras de sus labios se hundían por la tristeza que rompía su corazón y soltando algunas lágrimas, también, — ¡Se murió, Sandy! ¡Me ha dejado solo en este horrible mundo! ¡Ahora, no tengo a alguien por quien vivir!—

—¡No digas eso, compañero! ¡Siempre me tendrás a mí para ayudarte y apoyarte en cualquier momento! ¡No estás solo porque voy a estar contigo hasta donde me permitas ser parte de tu vida! Lamento que perdieras a tu madre pero, ¡ahora está en un mejor lugar, libre de dolor! ¿No es eso bueno? No está sufriendo más, ¡y probablemente esté caminando al lado de tu padre tomándose de las manos como ella normalmente lo recordaba! Busca los papeles que necesites y yo estaré contigo en unos minutos, solo déjame tomo una ducha, ¡y llegaré tan pronto termine! Recuerda esto, cariño: ¡no estás solo y nunca lo estarás mientras tenga vida! —dijo Sandy abrazándolo y besando tiernamente la mejilla por lo menos 12 veces, tomó sus manos de una manera por demás amorosa mientras él reconocía que era una verdadera amiga en ese momento indescriptible.

Arthur se puso de pie ayudando a Sandy a ponerse de pie también, la abrazó fuertemente y la besó en la frente diciéndole mientras ponía sus manos sobre sus mejillas, — ¡Gracias, Sandy, por estar conmigo en este momento! Eres la única persona que me ha hecho sentir que hay gente verdadera a mi lado. ¡Eres mi ángel! ¡Te amo! —

Habiendo dicho eso, se fue a su cuarto, tomó los papeles que necesitaba y los puso en su mochila; miró a Sandy a los ojos y una lágrima salió pero pudo fingir una sonrisa para hacerla sentir que tenía todo bajo control.

— ¡Adelante! ¡Estaré contigo pronto, bebé! — dijo Sandy dándose cuenta que usaba palabras que solo había usado con su ex prometido pero que no lamentaba porque había querido decirlas de esa manera, ya que desde hacía tiempo sentía que Arthur era su amor platónico.

Tan pronto Arthur escuchó esas palabras, sentía una chispa que encendía algo en su corazón; sin embargo, no deseaba voltear para evitar un silencio incomodo en ese instante y salió de su apartamento sin hablar.

Sandy no pudo esperar más y fue directamente a perseguirlo; una vez que lo alcanzó, tomó su mano izquierda desde atrás deteniéndolo, volteó su cuerpo, lo miró a los ojos y parándose de puntitas para alcanzar su rostro puso sus palmas en los lados de su cara y lo besó en los labios. Fue el beso más honesto haciéndole saber lo que ella sentía por él aunque no parecía ser el momento indicado pero Arthur sentía que era algo que necesitaba, en ese entonces.

— ¡Nunca estarás solo porque siempre estaré a tu lado, bebé!— Sandy lo besó una vez más dejandolo ir mientras ella regresaba al departamento entrelazando sus dedos por detrás de la cabeza.

Sandy comenzó a platicar con ella misma en voz alta mientras se duchaba, — ¡Debo apresurarme y llegar allí con su sándwich porque no desayunó! ¡Espero que no se sienta solo; ¿por qué no me bañé ayer en la noche? ¡Al menos él y su mami van a estar libres de todo el estrés que esto provoca! ¡Espero que no haya tomado mi beso de mala manera! Bueno, no me detuvo y parecía como si le hubiera gustado. ¡Vamos, Sandy! Deja de estar soñando despierta, ¡necesitas estar a su lado de la misma manera que él ha estado contigo cuando papi se puso enfermo! ¡Mueve tu trasero rápido! —

Se vistió, puso los sándwiches y el termo de Arthur en su bolso y dejó el apartamento para estar con él; tan pronto llegó allí, se quedó a su lado en todo momento que lo necesitaba pasando todo el día tomados de la mano.

CAPÍTULO 16

NUNCA PIERDAS LA OPORTUNIDAD DE DECIR TE AMO AÚN Y SI NO TE CONTESTAN LO MISMO.

"—¡No puedo creer que mi mamá muriera hace dos semanas!"- pensaba Arthur en voz alta al mismo tiempo que revolvía el contenido de la comida que preparaba en la estufa, -*"Cada mañana que despierto, sigo pensando en ir a visitar a mi madre al hogar de cuidados pero después de unos segundos, la realidad me patea fuerte y me doy cuenta que ya no está aquí. Ha sido muy difícil para mí asimilar esta cosa. Ahora, no tengo hermanos, ni esposa; solo tengo unos cuantos amigos."*-

Su humor cambiaba mientras Sandy preparaba una ensalada en la barra escuchándolo y volteando para abrazarlo por la espalda poniendo sus manos sobre su abdomen, presionando su cuerpo con en el de él y dijo, — ¡Y a mí, recuerda que me tienes a mí, bebé! ¡Y yo te tengo a ti! ¡No estoy planeando dejarte y recuerda que nos prometimos cuidarnos pase lo que pase! Tú has estado siempre apoyándome y yo he hecho lo mismo; ¡nada va a cambiar, cariño! Eres el hombre más dulce, guapo, y amoroso que jamás haya conocido y estoy demasiado feliz que seas mi novio ahora. Te encontré en los días más oscuros de mi vida y siempre has estado allí desde la primera vez a mi lado y eso ha significado mucho para mí. Entonces, no piensas en las cosas malas; mejor piensa en nuevos objetivos para honrar a tu mami, ¡y cúmplelos!

—

— ¡Es cierto, mi cielo! Gracias por estar conmigo, — dijo Arthur mientras volteaba para abrazarla de frente mientras ponía sus manos en la espalda mirándola fijamente a los ojos y notaba que había sido bendecido por encontrarla y en su corazón crecía algo que había superado lo que solía sentir por Christina, haciéndolo el hombre más feliz en la faz del planeta, — ¡Sé que te tendré a mi lado por siempre porque es lo que haré contigo, bebé! Ahora, vamos a comer para que puedas ir, ¡y cuidar a tu padre esta tarde maravillosa de sábado!—

Ambos se besaron con amor, colocaron la comida en la mesa, Sandy tomó las manos de Arthur y una vez que se habían sentado, los dos cerraron los ojos para decir una oración, — Amado Dios, gracias por permitirnos tener una maravillosa y nutritiva comida en nuestra mesa, ya que hubo días cuando solamente pudimos comprar bocadillos como cena. Muchas gracias por permitirme encontrar al mejor hombre del universo, ¡y sentirme bendecida al tenerlo como novio! Por favor, que su mami esté en el cielo junto con su esposo, que era el amor de su vida, caminando en la playa tomados de la mano. Y finalmente, dale a mi papi suficiente fuerza y fe para recuperarse por completo, ¡ya que se ha dificultado su enfermedad! Esparce tu amor sobre todos los pacientes y sus familias porque sabemos lo que es pasar por este proceso, amén. —

Los dos saboreaban la deliciosa comida que habían preparado y Arthur dijo lo que pensaba mientras acariciaba la mano a Sandy, — ¡Tengo una idea, cariño! Debido a que no tengo que pagar por el centro de cuidado, tengo dinero de más y no necesito un trabajo extra; creo que solamente cuidaré del señor Dunham 3 días a la semana, pero solo porque él me lo pidió, ya que se siente a gusto conmigo, ¡además, nos la pasamos bien! Entonces, no aceptaré un *no* como respuesta y te recomiendo que dejes tu segundo trabajo porque tendré suficiente dinero como para pagar la renta, así tú puedes descansar más y estar más tiempo con tu papá; por favor, no digas que no y no dejes que tu ego ciegue tu mente porque lo estoy ofreciendo con todo mi corazón. No hay necesidad de un segundo trabajo, ¡y eso te tendrá menos estresada y mejor descansada! ¡Eso es lo que necesitas estos días, mi cielo! ¿Qué dices? —

"¡Oh, Dios mío! ¡Está pensando en mí a cada segundo! ¡Está siempre cuidando mi bienestar! Es alguien que no dejaría ir, pero no sé si eso sería una decisión inteligente, ¡porque no deseo abusar de su bondad! Tú sabes, Dios, que necesito dormir y has presenciado cuantas veces me he dormido durante el trabajo y mis niños no merecen que trabaje de esa forma. Están ansiosos de aprender pero no les he dado mi mejor versión porque no tengo energía de reserva después de todo esto; por favor, ¡necesito decidir sin abusar o lastimar sus sentimientos, amado Dios!" Pensaba Sandy tratando de fingir que estaba bien pero su rostro mostraba lo opuesto a lo que deseaba transmitir.

Sandy mantenía su mirada fija hacia el plato de sopa arqueando sus cejas al momento que lo miraba y respondía con una voz llena de pena, — ¡No sé qué decir, Artie! Somos pareja ahora, pero tengo que hacer lo que debo hacer por mi padre, ¡y esa situación no necesariamente debe ser tu carga, mi amor! ¡No quiero que estés haciendo cosas que son mi responsabilidad! —

— Te entiendo, bebé. Pero eres parte de mi vida ahora, y en mi corazón, ¡esto es algo con lo que te puedo apoyar para que sientas algo de ligereza en estos momentos! No estoy diciendo que voy a trabajar más o que estaré robando o matando gente; solo estoy diciendo que deseo hacerlo porque así lo siento, ¡esto es lo que en mi idea un novio hace por su novia en problemas! Así que, déjame ayudarte porque te prometí que haría lo que fuera para hacer tu vida más fácil y más feliz, ¡tú aceptaste! — Arthur dijo con tal determinación al mismo tiempo que tomaba su mano izquierda y la besaba haciendo que Sandy sintiera verdaderamente amada.

Sandy dejó la cuchara, tomó sus manos, le regaló la más dulce de las miradas que ella había dado a alguien y respondió con voz la quebrándose debido a la alegría con la cual su corazón estaba siendo empapado, — ¡Ok, haré cualquier cosa que quieras si eso te hace sentir que te amo con todo mi corazón! Solo no deseo que sientas que debes hacer esto porque ese no es el caso; eres mi novio y al tenerte cerca de mí, apoyándome, abrazándome, cuidándome, es más de lo que puedo pedir de ti, bebé. Eres mi columna, ¡y eso es todo lo que necesito en este instante! Eso y que me beses y me abraces cuando me siento triste porque me haces sentir que nada me puede pasar a tu lado por tus acciones y siempre me das la sensación de paz cuando estoy entre tus brazos. ¡Eso es todo lo que necesito, Artie! Te necesito a ti, ¡no necesito más!—

— ¡Siempre tendrás mis besos y abrazos hasta que decidas que no valgo más! — dijo Arthur arrastrando su silla para estar cerca de ella y poder abrazarla acariciándole el cabello para acomodarlo detrás de su oído antes de besarla, — ¡No sé qué hizo tu ex para perderte pero daré todo porque siempre estés a mi lado! Esta es la manera que sé ser como novio; esta es la manera que mi mamá me enseñó a expresar mi amor por los demás y perdón, pero esta es la forma en que soy. ¡Tómalo o déjalo, chiquita! —terminó de decir Arthur en forma de broma

Sandy solo pudo articular las siguientes palabras mientras sus ojos se llenaban de lágrimas de felicidad, — ¡Ok, cariño! Gracias por aparecer en mi vida en los momentos más difíciles; ¡no sé dónde estaría sin ti! —

— Mi ex me demandaba mucho tiempo para estar con ella, cuando era tiempo de acompañar a mi mamá durante este proceso doloroso; quería estar con mi madre porque mis hermanos desaparecieron y esa es la forma en la que ellos decidieron lidiar con el problema. No los culpo, ¡pero eso no es como soy yo! — comenzó Arthur a contar la historia de cómo se había vuelto soltero y porque era así con ella, — Ella estaba acostumbrada a salirse con la suya cada una de las veces pero yo no estuve de acuerdo cuando ella me faltó al respeto por no satisfacer sus deseos cuando era momento de cuidar a mamá; ella sintió que la estaba olvidando pero lo que ella verdaderamente deseaba era tener su estilo de vida regular. No estoy diciendo que estaba mal o que yo estaba en lo correcto pero ella era alguien muy diferente durante los últimos días, ¡y tomé la decisión de no pelear por ella aunque está cargando a mi bebé en su vientre! Esa es una de las cosas más difíciles que he pasado, ¡y nunca lo lamentaré porque preferí pelear por la salud de mi mamá! Ahora, te estoy ofreciendo mi vida junto con todas las cosas que poseo para liberarte un poco de la carga que llevas sola y de esa manera puedas tener una mejor salud, ¡más tiempo para pasar con tu papá! Lo estoy haciendo con todo mi corazón para ti porque eres la única persona importante en mi vida ahora. ¡Felizmente haría cualquier cosa por verte feliz! —

Sandy se sintió cómoda cubierta por sus brazos, mimada por sus palabras, conmovida por su historia y dijo mientras se acomodaba en su silla acariciando su rostro con ambas manos al mismo tiempo que se sumergía en su mirada, — ¡Ya he pasado por eso! Mi ex sintió lo mismo porque amaba su vida social y cuando conseguí el segundo empleo, ¡se enojó como si hubiera insultado a su padres y ancestros! No le había pedido nada solo entendimiento; su familia es adinerada pero no estaba con él por dinero; estaba con él porque solía ser una persona graciosa que siempre tenía una sonrisa en su rostro pero cuando se trató de la enfermedad de papá, pensó que lo había hecho a un lado y me dediqué enteramente a cuidar de papá. Se convirtió en una persona que no conocía al final y quiso su anillo de compromiso de regreso, ¡y no peleé por quedármelo! Cuando la situación se puso peor, no esperaba que él se hiciera cargo de los pagos del hogar de asistencia; ¡Lo entiendo pero no comparto su filosofía! No sería capaz de escoger salir en lugar de estar a un lado de mi padre sosteniéndole la mano. Él siempre nos dio todo con tal desapego, ¡aun cuando perdimos a mamá! Ahora, mi hermano y su esposa están viviendo libres de renta en su casa y ni siquiera voy a pelear por ella; el resto de mis hermanos y medios hermanos están ocupados tratando de salir adelante en sus vidas, ¡y eso está bien! Nunca los juzgaré pero no me sentiría a gusto estando cerca de gente que comparte la misma sangre aunque no muevan un dedo por ayudar a su padre. Espero que nunca pasen por esta situación pero por mí, ¡no tengo familia! —

—¡Creo que estamos en la misma página, bebé! No tenemos a alguien más pero nos tenemos el uno al otro, ¡y eso es más que suficiente! ¡Mientras mi corazón siga latiendo, estaré a tu lado y tu estarás en el mío hasta que lo desees!— dijo Arthur a Sandy mientras tomaba su mano derecha y la ponía sobre su pecho.

El rostro de Sandy parecía como el de una niña que estaba a punto de abrir todos sus regalos de Navidad respondiendo al mismo tiempo que se inclinaba, puso su oído derecho sobre su pecho y lo abrazó tiernamente, —¡Estaré a tu lado mientras tenga vida y mi vida es tuya, bebé!—

Después de haber comido, Sandy fue al centro de cuidados para visitar a su padre.

CAPÍTULO 17

SIEMPRE SIGUE A TU CORAZÓN; TE GUIARÁ A LA PAZ Y A LA FELICIDAD.

¡Mis más sinceras condolencias, Sandy! Lo que necesites, ¡sabes que te ayudaré sin dudarlo! —decía un amigo al mismo tiempo que la abrazaba preparándose para partir del funeral.

Sandy se mantenía cerca del féretro de su padre en el panteón y contestó sin levantar su cabeza, —Lo sé, Mike. ¡Gracias por venir!—

"¡Espero que estés mejor en el cielo con mami, papi! Nunca te olvidaré y espero que no tengas dolor de ahora en adelante; eso es un alivio. ¡Solo que no puedo imaginar mi vida sin ti, pero te honraré en cada cosa que haga! Gracias por enseñarme todo lo que sé, por la paciencia que tuviste, cuando me enfermé y estuviste al lado de mi cama esperando a que mi fiebre bajara, por darme todos esos momentos maravillosos que son los que más añoro, por ser mi mejor amigo, por escucharme cuando necesitaba desahogarme, por aplaudirme durante mis victorias y las tomabas como si fueran tuyas, por cocinar mi comida favorita sin razón alguna solo para hacerme sentir bien, por hacerme reír hasta las lágrimas con tus bromas, por hacerme la hija más feliz cuando te sentiste muy orgulloso el día que me comprometí, por ser un hombre ejemplar y levantar mis estándares tan alto que solo Arthur los ha alcanzado, por compartir todas aquellas anécdotas cuando tratabas de conquistar a mamá, como te ganaste la confianza y la bendición del abuelo para que se casaran, por reconfortarme cuando estaba deprimida, por decirme las mejores palabras cuando eran necesarias,

por estar siempre para mí, ¡por hacerme la mujer que soy con todas tus enseñanzas! ¡Te voy a extrañar mucho, papi! ¡Cuida de mami y disfruta tu estadía porque de un momento a otro, allí estaré con ustedes!" hablaba Sandy con su padre sumergida en ese abismo indeseable por el que todos tienen que visitar al menos una vez mientras ponía su mano derecha sobre el féretro al momento que comenzaba a lloviznar.

Cuando la mayoría de las personas se habían ido, Arthur estaba al lado de ella tomando su mano izquierda en silencio, siendo algo más que una mera compañía; las gotas comenzaban a golpear sus ropas oscuras mientras Sandy permanecía inmóvil llorando en silencio tratando de sobrepasar, sin tener éxito, la tristeza que había inundado su corazón.

Parecía como si estuviera dentro de una cueva demasiado oscura sin una señal de luz y sin mover la más mínima parte de su cuerpo, sin miedo y sin otra emoción; no había algo que pudiera levantar el ánimo mientras que sus ojos no se separaban del féretro de madera roja deseando estar a su lado para siempre.

Abrió sus ojos a más no poder y secó sus lágrimas para observar mejor algo que se movía cerca de las flores sobre el féretro haciendo que su humor cambiara rápidamente y le dijo a Arthur, señalando con su dedo y jalándole la mano, —¡Mira eso, cariño: un colibrí! ¡Mamá amaba a los colibrís! ¡No puedo creer que esto esté sucediendo! ¡Lo ha enviado para llevarse a papi con ella! ¡Oh, Dios, te agradezco por esto! —

— ¡Nunca me imaginé esto, bebé! — Arthur sonrió y la abrazó mientras la lluvia los bañaba.

— Estoy lista para irnos, Artie. ¡Ese colibrí me hizo el día! — dijo Sandy y ambos comenzaron a alejarse dejando el féretro atrás rodeado del pasto más verde y el cielo lleno de nubes completando el retrato.

Comenzaron a dar pasos más largos cuando sintieron que se empapaban debido a la lluvia incesante e ir en dirección de su carro, Ryan apareció enfrente de ellos y les obstruyó el camino diciendo mientras los veía tomados de la mano dejando su boca un poco abierta por la escena, —¡Siento mucho tu perdida, Sandy! ¡Espero que no haya sufrido y que el Señor lo tenga en su santa gloria!—

— Gracias, Ryan. Sé que los dices de corazón, — dijo Sandy sin verlo a los ojos y se acercaba a Arthur y él colocaba su mano derecha alrededor de su cintura al mismo tiempo que ella se inclinaba hacia él, — Bueno, gracias por venir pero nos tenemos que ir. —

Ellos trataron de rodearle, pero Ryan se movió para bloquearlos de nuevo y dijo mientras trataba de tomar la mano de Sandy, — ¿Puedo hablar un minuto contigo, por favor? Sé que dejamos nuestra relación en pausa debido a la salud de tu padre, ¡pero quiero decirte que estoy aquí para ayudarte a superar esta situación! —

— Disculpa, amigo, pero no creo que sea el momento de ofrecer tus disculpas por algo que sucedió meses atrás; estamos partiendo del funeral de su padre y si nos disculpas, estamos planeando irnos ahora, — dijo Arthur sin permitir que la tocara, recalcando con una voz seria y firme, frunciendo el ceño mientras presionaba sus labios fuertemente, — ¡Si hubieras realmente querido ofrecerle tu apoyo, hubiera estado bien cuando decidiste dejarla sola y que lidiara con todo sin ayuda! Por cierto, somos pareja y por favor, no la toques; está sufriendo por su perdida. ¡Ahora, muévete y déjanos partir sin que nos molestes una vez más! —

Sandy nunca miró a Ryan a los ojos, ya que no sentía algo por él; Ryan se sintió como la persona más estúpida del planeta por hacer eso quedándose quieto sin evitar que ellos continuaran su andar.

Al momento de llegar al auto, Arthur le abrió la puerta a Sandy y cuando ella estaba a punto de entrar, Ryan gritó para que ella pudiera oírlo mientras ponía su mano derecha en el corazón, — ¡Por favor, perdóname por dejarte sola, Sandy! ¡No volveré a molestarte nunca más! ¡Que tengas una hermosa vida! —

— No necesito perdonar tus acciones; ¡no hiciste algo malo! Solo hiciste lo que creías que estaba bien, — respondió Sandy retrasando su entrada al auto gritando al mismo tiempo que abrazaba a Arthur con su brazo derecho, — ¡Que tengas una buena vida, Ryan! ¡Disfrútala porque es realmente corta! —

Arthur cerró la puerta y no se molestó en voltear a ver a Ryan de nuevo solo se dirigió hacia el otro lado del auto, entró, lo encendió y encendió los limpiaparabrisas; Ryan se dio la vuelta, caminó lentamente, y se encaminó hacia su auto también.

— ¡Perdón por hacer eso, amor! ¡Pero no era el lugar ni el momento para hacer eso!— dijo Arthur a Sandy al mismo tiempo que ponía la mano en su rodilla izquierda, — No quiero que te enojes conmigo; cualquier otro día si deseas tener una conversación de cierre con él y decirle lo que te hizo sentir, está bien. No quiero que tomes esto como si te estuviera dando permiso de hacerlo, solo estoy diciendo que no me importaría. Confío en ti y lo que hagas es tu decisión. Por favor, ¡no lo tomes a mal! —

Sandy puso su mano sobre la de él acariciando su dedo pulgar mientras veía como las gotas competían en una carrera afuera de la ventana para saber cuál llegaba al fondo primero y dijo, — ¡Olvídalo, cariño! ¡Ese fue mi cierre! No necesito hablar con él de nada; él hizo lo que hizo y no tengo sentimientos por él. Hablar con él sería una pérdida de tiempo para ambos, ya que no tenemos futuro. Si se siente mal, no puedo hacer algo al respecto, ¡ya que fue él quien decidió nuestro destino! Lamentar no dar lo máximo por tus seres queridos, no apoyarlos, no decirles que los amas, no besarlos, no ofrecerles una sonrisa es lo que mata tu alma. Es por eso que debes dar todo eso cuando aún estén con nosotros porque cuando no estén, ¡ni siquiera 100 rosas a diario los volverá a traer a la vida! —

Arthur acarició su pierna sin contestar, ya que Sandy había pronunciado las palabras más hermosas y sintió una extrañeza por responder a eso, ya que no era necesario, ya que lo había dicho todo, y solo se concentró en llevarlos a su hogar.

CAPÍTULO 18

QUÉDATE CON LA PERSONA
QUE COMPARTA TUS MISMOS
VALORES; NADIE ES PERFECTO.

Una tarde, Arthur subía por las escaleras del edificio donde estaba su apartamento después de terminar su turno en el hospital; al momento de sacar las llaves de su mochila, se llevó tremendo susto al escuchar a Sandy gritar como si hubiera estado hablando con alguien, por lo que se apresuró a abrir la puerta.

—¡Oh, Dios mío! ¡No puedo creer lo que me estás diciendo, Sue!— gritaba Sandy, al momento de sostener su teléfono en su oído derecho y acomodaba su cabello por detrás de su otro oído caminando de un lado a otro entre el sillón y la mesa de centro mientras sonreía, — No estás bromeando, ¿verdad? Tú no me harías eso, ¿o sí? ¿Pero cuáles son las palabras exactas que te dijo? ¡Cuéntame cada detalle!—

Tan pronto Arthur entraba al departamento, Sandy fue a su lado para abrazarlo manteniendo su teléfono sobre su oído tratando de susurrar al exagerar el movimiento con sus labios, — ¡Grandiosas noticias!—

Arthur estaba inmerso en la incertidumbre mientras su corazón palpitaba rápidamente aunque trataba de lucir calmado, al mismo tiempo que se sentaba en el sofá y se concentraba en lo que estaba en la TV; era una película que no conocía, estaba con volumen bajo y trataba de adivinar lo que todos los personajes decían.

— ¡No te creo! Pero solo dijo mi nombre, ¿cierto? ¿Qué piensas tú, Sue? ¿Crees que lo pueda hacer? — decía Sandy mientras caminaba de pared a pared, quitándose el esmalte de las uñas para después morderse las uñas, — ¿Estás segura que no dijo otro nombre? ¡No creo que pueda lidiar con esta presión, chica! ¿Qué debería decir si me llama? ¡Apenas puedo hablar contigo! —

Sandy movía su boca tratando de decirle a Arthur algo pero se puso tan ansioso que no podía descifrar las palabras que trataba de comunicarle y solo asentía sonriendo mientras ella seguía hablando con su amiga, — No creo que esté lejos de aquí; creo que está a una hora en carro, ¡más o menos! ¡Siempre he querido tener esta oportunidad para probar de lo que soy capaz! Si no me llama hoy, tomaré hasta la muerte esta noche, Sue. No estoy bromeando. ¡Mis manos están temblando y no puedo controlar mi ansiedad! —

Todo lo que Arthur había escuchado le hacía pensar que esa llamada era realmente importante y había perdido un poco la concentración, ya que al entrar y escuchar ese grito de Sandy pensó que era una emergencia.

"¿De qué está hablando? No entiendo lo que está sucediendo pero mantente tranquilo, Art. Ella parece nerviosa y emocionada al mismo tiempo; ¡por lo menos no es algo malo! Espera a que termine su llamada para explicar todo, ¡y solo así podrás reaccionar de acuerdo a las noticias! Sigue sonriendo, sigue asintiendo y no te desesperes aunque la llamada dure horas, ¿ok?" Pensaba Arthur, tratando de tranquilizarse y buscando saber de qué trataba todo el escenario mientras seguía sentado haciendo nada solo viendo la película muda sin poner verdadera atención.

— De acuerdo, Sue. Gracias por mantenerme al tanto. ¡Te debo una, amiga! Nos vemos, y tan pronto sepa que es lo que quería, te lo haré saber, ¿ok? ¡Adiós! — Sandy finalizó su llamada y sonreía como si hubiera ganado la lotería al mismo tiempo que se sentaba al lado de Arthur besándolo en los labios y lo abrazó como si fuera un osito de peluche.

Respiró profundamente varias veces, cerró los ojos, exhalaba y dijo hablando rápido mientras conservaba esa hermosa sonrisa que poseía, — Era Sue. ¡Me dijo que un tipo llegó a la escuela y tuvo una reunión con la directora y empezó a preguntar acerca de mí y de mi desempeño en la escuela! ¡Estaba preguntando por mí! Él es el sujeto que busca a los nuevos directores en tres estados e intenta encontrar al más adecuado para el trabajo y cuando Sue entró a darle mi carpeta, le dijo a la directora que estaba en busca de alguien como yo para comenzar casi de inmediato el entrenamiento como nueva directora en una escuela en otra ciudad, ¡y no sé qué decir! —

Su teléfono comenzó a timbrar, Sandy abría los ojos por completo, dejó caer su quijada y sintió un escalofrío ascender por su espalda mientras gritaba, — ¡Es él, es él! ¿Qué debo contestar, mi amor? ¡Ni siquiera lo he pensado! ¡Oh, no! ¡Me voy a desmayar! —

— ¡Relájate, bebé! ¡Esta es tu gran oportunidad! ¡Primero deberías escucharlo y cualquier cosa que decidas, te apoyaré! ¡No hay resultados malos de esta llamada, así que responda ya, Sandy! — respondió Arthur emocionado, ya que ella estaba recibiendo tal oportunidad del puesto que había dado su máximo por algunos años.

— Hola, soy Robert Kowalski. ¿Es el teléfono de Sandra Myers? — preguntaba un hombre muy educado, poniéndola nerviosa y su pecho estaba a punto de explotar debido a la sensación que tenía dentro.

— Hola, si soy yo. ¿Cómo le puedo servir? — dijo Sandy mientras se ponía de pie para caminar por todo el departamento como siempre lo solía hacer cuando respondía una llamada.

Caminaba por todo el lugar, se golpeó un dedo del pie con la esquina de la mesa pero solo hizo caras al mismo tiempo que cojeaba; tomaba unas cosas de aquí y de allá, y las ponía en otro lugar. Comenzó a morderse la uña del pulgar de su mano derecha y le daba la espalda a su novio por lo que Arthur no podía decir si estaba feliz o pensativa.

Sandy respondía con una cara sin gesticulaciones y no logró mantenerse quieta durante toda la llamada, — Sí. No. Entiendo. Comprendo. Lo sé. —

Eso no le ayudaba y ella dio la espalda de nuevo a Arthur que deseaba ser de apoyo pero no sabía cómo expresarlo, así que mejor guardó silencio en el sofá mientras ella seguía con su caminata sin cesar.

Se quedó quieta al lado del refrigerador y contestó seriamente, — Ok, gracias por su llamada. ¡Le daré una respuesta el lunes! ¡Que tenga un excelente fin de semana!—

Comenzó a gritar agudamente, a saltar, corrió hacia Arthur apretándolo tan fuerte que no podía respirar bien debido a la posición en la que había adoptado pero él dejó que lo sacara de su sistema y esperó mientras ella se sentaba en su regazo, — ¡Me ha ofrecido ser la directora de una escuela a una hora de aquí en auto! ¡Hay más responsabilidades pero también más dinero viene con el paquete! Estoy tan feliz porque estaba buscando algo así. No deseo responder hasta que lo hablemos con calma y si piensas que no es bueno para los dos, ¡lo entenderé! ¡Estoy totalmente feliz que finalmente, alguien reconozca mi trabajo y el esfuerzo que he estado dando todos estos años! ¡Sé que dos meses atrás estaba arrastrando mis pies porque estaba exhausta todos los días, pero cuando falleció papá creo que recuperé toda mi energía y me siento de maravilla por recibir esta oferta! —

— ¡No hay nada de qué hablar, bebé! La situación es: ¿qué tanto deseas este trabajo? ¿Sientes que está hecho para ti? ¿Estás preparada para todos los retos que esta posición tiene? ¡No va a ser tan fácil pero tampoco imposible! ¡Yo no tengo nada que hablar porque si lo deseas, te apoyaré! — dijo Arthur al mismo tiempo que se sentía orgulloso de ella, la besó como una manera de reforzar el apoyo, ya que era una oportunidad que tenía y debía ser verdaderamente considerada.

Sandy se sintió un poco abrumada al saber que él estaba

dispuesto a sacrificarse por ella y preguntó con una cara seria, — ¿Pero qué vamos a hacer, cariño? ¡No puedo pagar la gasolina para ir y venir todos los días! Si tomo el autobús, necesitaría partir alrededor de las 4:30 de la mañana para estar a tiempo con algunos minutos de sobra y estaría llegando aquí a las 6 de la tarde llena de cosas por hacer, ¡no creo que sea justo para nuestra relación! Creo que esperaré una oportunidad cuando sea cerca de aquí. —

— ¿De qué estás hablando? ¿Por qué no nos mudamos cerca de allí? ¡Eso resolverá todos los problemas de transporte, bebé! Además, puedo buscar un trabajo allá; soy muy bueno en lo que hago, ¿sabes? — respondió Arthur con una sonrisa naciendo de su corazón.

Sandy reavivó su sonrisa y preguntó mientras soltaba el teléfono, — ¿Harías eso por mí, cariño? ¿Dejarías esta ciudad sabiendo que tu bebé va a vivir aquí? ¡No quiero ponerte en esta situación! —

—Eh, deseo estar contigo y te prometí que te apoyaría y mi corazón aún está latiendo, así que, ¡vamos a hacerlo! — dijo Arthur al momento de abrazarla, pasando sus manos por su cabello y besando su cuello.

Sandy lo empujó, puso su dedo índice derecho en su barbilla mientras decía despacio, —Aceptaré la oferta con solo una condición; si haces eso, tendrás que tomar el exámen para la escuela de medicina, ¡y allá hay una escuela que la tiene! De ninguna manera haré lo mío sin que hagas eso. ¿Qué dices: es un trato?—

— ¡Tenemos un trato, bebé! ¡Vamos a buscar un departamento y trabajo allá! — reafirmó Arthur al momento de ponerse de pie, tomó su computadora personal para buscar algunos avisos de trabajo, no sin antes besar a Sandy y ella lo abrazó sintiéndose finalmente feliz.

LIBROS DE ESTE AUTOR

Deseo De Muerte

Imagínate que puedes cambiar tu vida con tan solo desearlo, ¿Lo harías? Nada de lo que has vivido, sufrido, carecido, o como te haya tratado la vida te afectará de nuevo. No más adversidades ni oportunidades que jamás te ha dado el universo, todo estará a la palma de tus manos.

¿Qué desearías? ¿Cómo te beneficiarías de esta oportunidad casi imposible? ¿Eres capaz de tomar la oportunidad o una vez más la vas a desaprovechar? ¿Qué harías si un día llega John Morte y toca a tu puerta?

Esta es la historia de Maurice, una persona derrotada por la vida y que ha tomado la decisión de sacar provecho a esta situación. Su vida ha sido un desastre, ninguna de las decisiones que ha tomado a lo largo de sus 28 años le han llevado al camino del éxito como él lo hubiera deseado y en esto finalmente encuentra una luz al final de su camino.

Él deseará, obviamente, las cosas que jamás ha tenido en toda su vida. ¿Serán las mejores decisiones que ha tomado? ¿Logrará revertir la mala suerte que solamente le ha aquejado a él?

El Infierno Interior

Vida, muerte: ¿qué significado tiene el seguir viviendo en este mundo lleno de carencias y dolor?

¿Existe un infierno para aquellos que han pecado y sufran una penitencia digna como para borrar sus pecados o acaso el existe un paraíso que será el destino glorioso que procede a la marcha infame de una vida en este mundo?

¿Será que creemos que sabemos todo lo que existe en este universo o tal vez hay cosas que no podemos explicar porque carecemos información y en nuestra arrogancia pensamos que no puede existir algo más allá fuera de nuestra comprensión, ya que nuestro ego es más grande que dar el mínimo beneficio de la duda?

¿Qué harías si pudieras interactuar con otra dimensión? ¿Te arriesgarías con tal de hablar con aquellos seres queridos fallecidos?

Winniky Bills es una adolescente que ha aprendido a controlar a lo largo de varios difíciles años un don que ha recibido.

Acompaña a nuestra protagonista a tratar de descubrir si hay vida después de la muerte y que es lo que hará con dicho don.

La vida no ha sido fácil, ¿la muerte lo será?